GRöLS Verlage

„Bücher sind wie Fallschirme. Sie nützen uns nichts, wenn wir sie nicht öffnen."

Gröls Verlag

Redaktionelle Hinweise und Impressum

Das vorliegende Werk wurde zugunsten der Authentizität sehr zurückhaltend bearbeitet. So wurden etwa ursprüngliche Rechtschreibfehler *nicht* systematisch behoben, denn kleine Unvollkommenheiten machen das Buch – wie im Übrigen den Menschen – erst authentisch. Mitunter wurden jedoch zum Beispiel Absätze behutsam neu getrennt, um den Lesefluss zu erleichtern.

Um die Texte zu rekonstruieren, werden antiquarische Bücher von Lesegeräten gescannt und dann durch eine Software lesbar gemacht. Der so entstandene Text wird von Menschen gegengelesen und korrigiert – hierbei treten auch Fehler auf. Wenn Sie ebenfalls antiquarische Texte einreichen möchten, finden Sie weitere Informationen auf www.groels.de

Viel Freude bei der Lektüre wünscht Ihnen das Team des Gröls-Verlags.

Adressen

Verleger: Sophia Gröls, Im Borngrund 26, 61440 Oberursel

Externer Dienstleister für Distribution & Herstellung: BoD, In de Tarpen 42, 22848 Norderstedt

Unsere „Edition | Werke der Weltliteratur" hat den Anspruch, eine der größten und vollständigsten Sammlungen klassischer Literatur in deutscher Sprache zu sein. Nach und nach versammeln wir hier nicht nur die „üblichen Verdächtigen" von Goethe bis Schiller, sondern auch Kleinode der vergangenen Jahrhunderte, die – zu Unrecht – drohen, in Vergessenheit zu geraten. Wir kultivieren und kuratieren damit einen der wertvollsten Bereiche der abendländischen Kultur. Kleine Auswahl:

Francis Bacon • Neues Organon • **Balzac** • Glanz und Elend der Kurtisanen • **Joachim H. Campe** • Robinson der Jüngere • **Dante Alighieri** • Die Göttliche Komödie • **Daniel Defoe** • Robinson Crusoe • **Charles Dickens** • Oliver Twist • **Denis Diderot** • Jacques der Fatalist • **Fjodor Dostojewski** • Schuld und Sühne • **Arthur Conan Doyle** • Der Hund von Baskerville • **Marie von Ebner-Eschenbach** • Das Gemeindekind • **Elisabeth von Österreich** • Das Poetische Tagebuch • **Friedrich Engels** • Die Lage der arbeitenden Klasse • **Ludwig Feuerbach** • Das Wesen des Christentums • **Johann G. Fichte** • Reden an die deutsche Nation • **Fitzgerald** • Zärtlich ist die Nacht • **Flaubert** • Madame Bovary • **Gorch Fock** • Seefahrt ist not! • **Theodor Fontane** • Effi Briest • **Robert Musil** • Über die Dummheit • **Edgar Wallace** • Der Frosch mit der Maske • **Jakob Wassermann** • Der Fall Maurizius • **Oscar Wilde** • Das Bildnis des Dorian Grey • **Émile Zola** • Germinal • **Stefan Zweig** • Schachnovelle • **Hugo von Hofmannsthal** • Der Tor und der Tod • **Anton Tschechow** • Ein Heiratsantrag • **Arthur Schnitzler** • Reigen • **Friedrich Schiller** • Kabale und Liebe • **Nicolo Machiavelli** • Der Fürst • **Gotthold E. Lessing** • Nathan der Weise • **Augustinus** • Die Bekenntnisse des heiligen Augustinus • **Marcus Aurelius** • Selbstbetrachtungen • **Charles Baudelaire** • Die Blumen des Bösen • **Harriett Stowe** • Onkel Toms Hütte • **Walter Benjamin** • Deutsche Menschen • **Hugo Bettauer** • Die Stadt ohne Juden • **Lewis Caroll** • *und viele mehr….*

Theodor Storm

Hans und Heinz Kirch

Auf einer Uferhöhe der Ostsee liegt hart am Wasser hingelagert eine kleine Stadt, deren stumpfer Turm schon über ein Halbjahrtausend auf das Meer hinausschaut. Ein paar Kabellängen vom Lande streckt sich quervor ein schmales Eiland, das sie dort den „Warder“ nennen, von wo aus im Frühling unablässiges Geschrei der Strand- und Wasservögel nach der Stadt herübertönt. Bei hellem Wetter tauchen auch wohl drüben auf der Insel, welche das jenseitige Ufer des Sundes bildet, rotbraune Dächer und die Spitze eines Turmes auf, und wenn die Abenddämmerung das Bild verlöscht hat, entzünden dort zwei Leuchttürme ihr Feuer und werfen über die dunkle See einen Schimmer nach dem diesseitigen Strand hinüber. Gleichwohl, wer als Fremder durch die auf- und absteigenden Straßen der Stadt wandert, wo hie und da roh gepflasterte Stufen über die Vorstraße zu den kleinen Häusern führen, wird sich des Eindrucks abgeschlossener Einsamkeit wohl kaum erwehren können, zumal wenn er von der Landseite über die langgestreckte Hügelkette hier herabgekommen ist. In einem Balkengestelle auf dem Markte hing noch vor kurzem, wie seit Jahrhunderten, die sogenannte

Bürgerglocke; um zehn Uhr abends, sobald es vom Kirchturme geschlagen hatte, wurde auch dort geläutet, und wehe dem Gesinde oder auch dem Haussohn, der diesem Ruf nicht Folge leistete; denn gleich danach konnte man straßab und -auf sich alle Schlüssel in den Haustüren drehen hören.

Aber in der kleinen Stadt leben tüchtige Menschen, alte Bürgergeschlechter, unabhängig vom Gelde und dem Einfluß der umwohnenden großen Grundbesitzer; ein kleines Patriziat ist aus ihnen erwachsen, dessen stattlichere Wohnungen, mit breiten Beischlägen hinter mächtig schattenden Linden, mitunter die niedrigen Häuserreichen unterbrechen. Aber auch aus diesen Familien mußten bis vor dem letzten Jahrzehnt die Söhne den Weg gehen, auf welchem Eltern und Vorfahren zur Wohlhabenheit und bürgerlichen Geltung gelangt waren; nur wenige ergaben sich den Wissenschaften, und kaum war unter den derzeitig noch studierten Bürgermeistern jemals ein Eingeborener dagewesen; wenn aber bei den jährlichen Prüfungen in der Rektorschule der Propst den einen oder andern von den Knaben frug: „Mein Junge, was willst du werden?“, dann richtete der sich stolz von seiner Bank empor, der mit der Antwort „Schiffer“ herauskommen durfte. Schiffsjunge,

Kapitän auf einem Familien-, auf einem eignen Schiffe, dann mit etwa vierzig Jahren Reeder und bald Senator in der Vaterstadt, so lautete der Stufengang der bürgerlichen Ehren.

Auf dem Chor der von einem Landesherzog im dreizehnten Jahrhundert erbauten Kirche befand sich der geräumige Schifferstuhl, für den Abendgottesdienst mit stattlichen Metalleuchten an den Wänden prangend, durch das an der Decke schwebende Modell eines Barkschiffes in vollem Takelwerke kenntlich. Auf diesen Raum hatte jeder Bürger ein Recht, welcher das Steuermannsexamen gemacht hatte und ein eignes Schiff besaß; aber auch die schon in die Kaufmannschaft Übergetretenen, die ersten Reeder der Stadt, hielten, während unten in der Kirche ihre Frauen saßen, hier oben unter den andern Kapitänen ihren Gottesdienst; denn sie waren noch immer und vor allem meerbefahrene Leute, und das kleine schwebende Barkschiff war hier ihre Hausmarke.

Es ist begreiflich, daß auch manchen jungen Matrosen oder Steuermann aus dem kleinen Bürgerstande beim Eintritt in die Kirche statt der Andacht ein ehrgeiziges Verlangen anfiel, sich auch einmal den Platz dort oben zu erwerben, und daß er trotz der eindringlichen Predigt dann statt mit gottseligen Gedanken mit erregten weltlichen Entschlüssen in sein Quartier oder auf sein Schiff zurückkehrte.

Zu diesen strebsamen Leuten gehörte Hans Adam Kirch. Mit unermüdlichem Tun und Sparen hatte er sich vom Setzschiffer zum Schiffseigentümer hinaufgearbeitet; freilich war es nur eine kleine Jacht, zu der seine Mittel gereicht hatten, aber rastlos und in den Winter hinein, wenn schon alle andern Schiffer daheim hinter ihrem Ofen saßen, befuhr er mit seiner Jacht die Ostsee, und nicht nur Frachtgüter für andre, bald auch für eigne Rechnung brachte er die Erzeugnisse der Umgegend, Korn und Mehl, nach den größeren und kleineren Küstenplätzen; erst wenn bereits außen vor der Bucht das Wasser fest zu werden drohte, band auch er sein Schiff an den Pfahl und saß beim Sonntagsgottesdienste droben im Schifferstuhl unter den Honoratioren seiner Vaterstadt. Aber lang vor Frühlingsanfang war er wieder auf seinem Schiffe; an allen Ostseeplätzen kannte man den kleinen hageren Mann in der blauen schlotternden Schifferjacke, mit dem gekrümmten Rücken und dem vornüberhängenden dunkelhaarigen Kopfe; überall wurde er aufgehalten und angeredet, aber er gab nur kurze Antworten, er hatte keine Zeit; in einem Tritte, als ob er an der Fallreepstreppe hinauflaufe, sah man ihn eilfertig durch die Gassen wandern. Und diese Rastlosigkeit trug ihre Früchte; bald wurde zu dem aus der väterlichen Erbschaft übernommenen Hause ein Stück Wiesenland erworben, genügend für die Sommer- und Winterfütterung zweier Kühe; denn während das Schiff zu Wasser, sollten diese zu Lande die Wirtschaft vorwärtsbringen. Eine Frau hatte Kirch sich im stillen vor ein paar Jahren schon genommen; zu der Hökerei, welche diese bisher betrieben, kam nun noch eine Milchwirtschaft; auch ein paar Schweine konnten jetzt gemästet werden, um das Schiff auf seinen Handelsfahrten zu verproviantieren; und da die Frau, welche er im Widerspruch mit seinem sonstigen Tun aus einem armen Schulmeisterhause heimgeführt hatte, nur seinen Willen kannte und überdies aus Furcht vor dem bekannten Jähzorn ihres Mannes sich das Brot am Munde sparte, so pflegte dieser bei jeder Heimkehr auch zu Hause einen hübschen Haufen Kleingeld vorzufinden.

In dieser Ehe wurde nach ein paar Jahren ein Knabe geboren und mit derselben Sparsamkeit erzogen. „All wedder 'n Dreling umsünst utgeb'n!“, dies geflügelte Wort lief einmal durch die Stadt; Hans Adam hatte es seiner Frau zugeworfen, als sie ihrem Jungen am Werktag einen Sirupskuchen gekauft hatte. Trotz dieser dem Geize recht nahe verwandten Genauigkeit war und blieb der Kapitän ein zuverlässiger Geschäftsmann, der jeden ungeziemenden Vorteil von sich wies; nicht nur infolge einer angeborenen Rechtschaffenheit, sondern ebensosehr seines Ehrgeizes. Den Platz im Schifferstuhle hatte er sich errungen; jetzt schwebten höhere Würden, denen er nichts vergeben durfte, vor seinen Sinnen; denn auch die Sitze im Magistratskollegium, wenn sie auch meist den größeren Familien angehörten, waren mitunter von dem kleineren Bürgerstande aus besetzt worden. Jedenfalls seinem Heinz sollte der Weg dazu gebahnt werden; sagten die Leute doch, er sei sein Ebenbild: die fest auslugenden Augen, der Kopf voll schwarzbrauner Locken seien väterliche Erbschaft, nur statt des krummen Rückens habe er den schlanken Wuchs der Mutter.

Was Hans Kirch an Zärtlichkeit besaß, das gab er seinem Jungen; bei jeder Heimkehr lugte er schon vor dem Warder durch sein Glas, ob er am Hafenplatz ihn nicht gewahren könne; kamen dann nach der Landung Mutter und Kind auf Deck, so hob er zuerst den kleinen Heinz auf seinen Arm, bevor er seiner Frau die Hand zum Willkommen gab.

Als Heinz das sechste Jahr erreicht hatte, nahm ihn der Vater zum ersten Male mit sich auf die Fahrt, als „Spielvogel“, wie er sagte; die

Mutter sah ihnen mit besorgten Augen nach; der Knabe aber freute sich über sein blankes Hütchen und lief jubelnd über das schmale Brett an Bord; er freute sich, schon jetzt ein Schiffer zu werden wie sein Vater, und nahm sich im stillen vor, recht tüchtig mitzuhelfen. Frühmorgens waren sie ausgelaufen; nun beschien sie die Mittagssonne auf der blauen Ostsee, über die ein lauer Sommerwind das Schiff nur langsam vorwärts trieb. Nach dem Essen, bevor der Kapitän zur Mittagsruhe in die Kajüte ging, wurde Heinz dem Schiffsjungen anvertraut, der mit dem Spleißen zerrissener Taue auf dem Deck beschäftigt war; auch der Knabe erhielt ein paar Tauenden, die er eifrig ineinander zu verflechten strebte.

Nach einer Stunde etwa stieg Hans Kirch wieder aus seiner Kajüte und rief, noch halb im Taumel: „Heinz! Komm her, Heinz, wir wollen Kaffee trinken!“ Aber weder der Knabe selbst noch eine Antwort kam auf diesen Ruf; statt dessen klang drüben vom Bugspriet her der Gesang einer Kinderstimme. Hans Kirch wurde blaß wie der Tod; denn dort, fast auf der äußersten Spitze, hatte er seinen Heinz erblickt. Auf der Luvseite, behaglich an das matt geschwellte Segel lehnend, saß der Knabe, als ob er hier von seiner Arbeit ruhe. Als er seinen Vater gewahrte, nickte er ihm freundlich zu; dann sang er unbekümmert weiter, während am Bug das Wasser rauschte; seine großen Kinderaugen leuchteten, sein schwarzbraunes Haar wehte in der sanften Brise.

Hans Kirch aber stand unbeweglich, gelähmt von der Angst; nur er wußte, wie leicht bei der schwachen Luftströmung das Segel flattern und vor seinen Augen das Kind in die Tiefe schleudern konnte. Er wollte rufen; aber noch zwischen den Zähnen erstickte er den Ruf; Kinder, wie Nachtwandler, muß man ja gewähren lassen; dann wieder wollte er das Boot aussetzen und nach dem Bug des Schiffes rudern; aber auch das verwarf er. Da kam von dem Knaben selbst die Entscheidung; das Singen hatte er satt, werden wollte jetzt zu seinem Vater und dem seine Taue zeigen. Behutsam, entlang dem unteren Rande des Segels, das nach wie vor sich ihm zur Seite blähte, nahm er seinen Rückweg; eine Möwe schrie hoch oben in der Luft, er sah empor und kletterte dann ruhig weiter. Mit stockendem Atem stand Hans Kirch noch immer neben der Kajüte; seine Augen folgten jeder Bewegung seines Kindes, als ob er es mit seinen Blicken halten müsse. Da plötzlich, bei einer kaum merklichen Wendung des Schiffes, fuhr er mit dem Kopf herum: „Backbord!“ schrie er nach der Steuerseite; „Backbord!“, als ob es ihm die Brust sprengen sollte. Und der Mann am Steuer folgte mit leisem Druck der Hand, und die eingesunkene Leinewand des Segels füllte sich aufs neue.

Im selben Augenblicke war der Knabe fröhlich aufs Verdeck gesprungen; nun lief er mit ausgebreiteten Armen auf den Vater zu. Die Zähne des gefahrgewohnten Mannes schlugen noch aneinander: „Heinz, Heinz, das tust du mir nicht wieder!“ Krampfhaft preßte er den Knaben an sich; aber schon begann die überstandene Angst dem Zorne gegen ihren Urheber Platz zu machen. „Das tust du mir nicht wieder!“ Noch einmal sagte er es; aber ein dumpfes Grollen klang jetzt in seiner Stimme; seine Hand hob sich, als wolle er sie auf den Knaben fallen lassen, der erstaunt und furchtsam zu ihm aufblickte.

Es sollte für diesmal nicht dahin kommen; der Zorn des Kapitäns sprang auf den Schiffsjungen über, der eben in seiner lässigen Weise an ihnen vorüberschieben wollte; aber mit entsetzten Augen mußte der kleine Heinz es ansehen, wie sein Freund Jürgen, er wußte nicht weshalb, von seinem Vater auf das grausamste gezüchtigt wurde.

– – Als im nächsten Frühjahr Hans Kirch seinen Heinz wieder einmal mit aufs Schiff nehmen wollte, hatte dieser sich versteckt und mußte, als er endlich aufgefunden wurde, mit Gewalt an Bord gebracht werden; auch saß er diesmal nicht mehr singend unterm Klüversegel; er fürchtete seinen Vater und trotzte ihm doch zugleich. Die Zärtlichkeit des letzteren kam gleicherweise immer seltener zutage, je mehr der eigne Wille in dem Knaben wuchs; glaubte er doch selber nur den Erben seiner aufstrebenden Pläne in dem Sohn zu lieben.

Als Heinz das zwölfte Jahr erreicht hatte, wurde ihm noch eine Schwester geboren, was der Vater als ein Ereignis aufnahm, das eben nicht zu ändern sei. Heinz war zu einem wilden Jungen aufgeschossen; aber in der Rektorschule hatte er nur noch wenige über sich. „Der hat Gaben!“ meinte der junge Lehrer, „der könnte hier einmal die Kanzel zieren.“ Aber Hans Kirch lachte: „Larifari, Herr Rektor! Ums Geld ist es nicht; aber man sieht doch gleich, daß Sie hier nicht zu Hause sind.“

Gleichwohl ging er noch an demselben Tage zu seinem Nachbarn, dem Pastoren, dessen Garten sich vor dem Hause bis zur Straße hinab erstreckte. Der Pastor empfing den Eintretenden etwas stramm: „Herr Kirch“, sagte er, bevor noch dieser das Wort zu nehmen vermochte, „Ihr Junge, der Heinz, hat mir schon wieder einmal die Scheiben in meinem Stallgiebel eingeworfen!“

„Hat er das“, erwiderte Hans Kirch, „so muß ich sie einsetzen lassen, und Heinz bekommt den Stock; denn das Spielwerk ist zu teuer.“

Dann, während der andre zustimmend nickte, begann er mit dem, was ihn hergeführt, herauszurücken: der Pastor sollte seinen Heinz in die Privatstunden aufnehmen, welche er zur Aufbesserung seines etwas schmalen Ehrensoldes einigen Kostgängern und Söhnen der Honoratioren zu erteilen pflegte. Als dieser sich nach einigen Fragen bereit erklärte, machte Hans Kirch noch einen Versuch, das Stundengeld herabzudrücken; da aber der Pastor nicht darauf zu hören schien, so wiederholte er ihn nicht; denn Heinz sollte mehr lernen, als jetzt noch in der Rektorschule für ihn zu holen war.

Am Abend dieses Tages erhielt Heinz die angelobte Strafe, und am Nachmittage des folgenden, als zwischen den andern Schülern oben in des Pastors Studierzimmer saß, von Wohlehrwürden noch einen scharf gesalzenen Text dazu. Kaum aber war nach glücklich verflossener Stunde die unruhige Schar die Treppe hinab und in den Garten hinausgestürmt, als der erlöste Mann von dorten unter seinem Fenster ein lautes Wehgeheul vernahm. „Ich will dich klickern lehren!“ rief eine wütende Knabenstimme, und wiederum erscholl das klägliche Geheul. Als aber der Pastor sein Fenster öffnete, sah er unten nur seinen fahlblonden Kostgänger, der ihm am Morgen Heinzens Missetat verraten hatte, jetzt in eifriger Beschäftigung, mit seinem Schnupftuch sich das Blut von Mund und Nase abzutrocknen. Daß er selbst an jenem Spielwerk mitgeholfen hatte, fand er freilich sich nicht veranlaßt zu verraten; aber ebensowenig verriet er jetzt, wer ihm den blutigen Denkzettel auf den Weg gegeben hatte.

Der Pastor war des Segens eines Sohnes nicht teilhaftig geworden; nur zwei Töchter besaß er, einige Jahre jünger als Heinz und von nicht üblem Aussehen; aber Heinz kümmerte sich nicht um sie, und man hätte glauben können, daß auch er der Bubenregel folge, ein tüchtiger Junge dürfe sich nicht mit Dirnen abgeben, wenn in dem Hause dem Pastorgarten gegenüber nicht die kleine Wieb gewesen wäre. Ihre Mutter war die Frau eines Matrosen, eine Wäscherin, die ihr Kind sauberer hielt als, leider, ihren Ruf. „Deine Mutter ist auch eine Amphibie!“ hatte einmal ein großer Junge dem Mädchen ins Gesicht geschrien, als eben in der Schule die Lehre von diesen Kreaturen vorgetragen war. – „Pfui doch, warum?“ hatte entrüstet die kleine Wiebe gefragt. – „Warum? Weil sie einen Mann zu Wasser und einen zu Lande hat!" – Der Vergleich hinkte; aber der Junge hatte doch seiner bösen Lust genuggetan.

Gleichwohl hielten die Pastorstöchter eine Art von Spielkameradschaft mit dem Matrosenkinde; freilich meist nur für die Werkeltage, und wenn die Töchter des Bürgermeisters nicht bei ihnen waren; wenn sie ihre weißen Kleider mit den blauen Schärpen trugen, spielten sie lieber nicht mit der kleinen Wiebe. Trafen sie diese dann etwa still und schüchtern vor der Gartenpforte stehen, oder hatte gar die jüngste gutmütige Bürgermeisterstochter sie hereingeholt, dann sprachen sie wohl zu ihr sehr freundlich, aber auch sehr eilig. „Nicht wahr, kleine Wiebe, du kommst doch morgen zu uns in den Garten?" Im Nachsommer steckten sie ihr auch wohl einen Apfel in die Tasche und sagten: „Wart, wir wollen dir noch einen mehr suchen!" Und die kleine Wiebe schlich dann mit ihren Äpfeln ganz begossen aus dem Garten auf die Gasse. Wenn aber Heinz darüber zukam, dann riß er sie ihr wohl wieder fort und warf sie zornig in den Garten zurück, mitten zwischen die geputzten Kinder, daß sie schreiend ins Haus stoben; und wenn dann Wieb über die Äpfel weinte, wischte er mit seinem Schnupftuch ihre Tränen ab: „Sei ruhig, Wieb; für jeden Apfel hol ich dir morgen eine ganze Tasche voll aus ihrem Garten!“ – Und sie wußte wohl, er pflegte Wort zu halten.

Wieb hatte ein Madonnengesichtlein, wie der kunstliebende Schulrektor einmal gesagt hatte, ein Gesichtlein, das man nicht gut leiden sehen konnte; aber die kleine Madonna aß gleichwohl gern des Pastors rote Äpfel, und Heinz stieg bei erster Gelegenheit in die Bäume und stahl sie ihr. Dann zitterte die kleine Wieb; nicht weil sie den Äpfeldiebstahl für eine Sünde hielt, sondern weil die größeren Kostgänger des Pastors ihren Freund dabei mitunter überfielen und ihm den Kopf zu bluten schlugen. Wenn aber nach wohlbestandenem Abenteuer Heinz ihr hinten nach der Allee gewinkt hatte, wenn er vor ihr auf dem Boden kniete und seinen Raub in ihre Täschchen pfropfte, dann lächelte sie ihn ganz glückselig an, und der kräftige Knabe hob seinen Schützling mit beiden Armen in die Luft: „Wieb, Wiebchen, kleines Wiebchen!“ rief er jubelnd; und er schwenkte sich mit ihr im Kreise, bis die roten Äpfel aus den Taschen flogen.

Mitunter auch, bei solchem Anlaß, nahm er die kleine Madonna bei der Hand und ging mit ihr hinunter an den Hafen. War auf den Schiffen alles unter Deck, dann löste er wohl ein Boot, ließ seinen

Schützling sacht hineintreten und ruderte mit ihr um den Warder herum, weit in den Sund hinein; wurde der Raub des Bootes hinterher bemerkt, und drangen nun von dem Schiffe zornige Scheltlaute über das Wasser zu ihnen hinüber, dann begann er hell zu singen, damit die kleine Wieb nur nicht erschrecken möge; hatte sie es aber doch gehört, so ruderte er nur um so lustiger und rief: „Wir wollen weit von all den schlechten Menschen fort!" –Eines Nachmittags, da Hans Kirch mit seinem Schiff auswärts war, wagten sie es sogar, drüben bei der Insel anzulegen, wo Wieb in dem großen Dorfe eine Verwandte wohnen hatte, die sie „Möddersch" nannte. Es war dort eben der große Michaelis-Jahrmarkt, und nachdem sie bei Möddersch eine Tasse Kaffee bekommen hatten, liefen sie zwischen die Buden und in den Menschendrang hinein, wo Heinz für sie beide mit tüchtigen Ellbogenstößen Raum zu schaffen wußte. Sie waren schon im Karussell gefahren, hatten Kuchenherzen gegessen und bei mancher Drehorgel stillgestanden, als Wiebs blaue Augen an einem silbernen Ringlein haftenblieben, das zwischen Ketten und Löffeln in einer Goldschmiedsbude auslag. Hoffnungslos drehte sie ihr nur aus drei Kupfersechslingen bestehendes Vermögen zwischen den Fingern; aber Heinz, der gestern alle seine Kaninchen verkauft hatte, besaß nach der heutigen Verschwendung noch acht Schillinge, und dafür und für die drei Sechslinge wurde glücklich der Ring erhandelt. Nun freilich waren beider Taschen leer; zum Karussell für Wieb spendierte Möddersch noch einmal einen Schilling – denn so viel kostete es, da Wieb nicht wie vorhin in einem Stuhle fahren, sondern auf dem großen Löwen reiten wollte; dann, als eben alle Lampen zwischen den schmelz- und goldgestickten Draperien angezündet wurden, waren für sie die Freuden aus, und auch die alte Frau trieb jetzt zur Rückfahrt. Manchmal, während Heinz mit kräftigen Schlägen seine Ruder brauchte, blickten sie noch zurück, und das Herz wurde ihnen groß, wenn sie im zunehmenden Abenddunkel den Lichtschein von den vielen Karussellampen über der Stelle des unsichtbaren Dorfes schweben sahen; aber Wieb hatte ihren silbernen Ring, den sie nun nicht mehr von ihrem Finger ließ.

Inzwischen hatte Kapitän Kirch seine Jacht verkauft. Mit einem stattlichen Schoner, der auf der heimischen Werft gebaut worden war, brachte er für fremde und mehr und mehr für eigene Rechnung Korn nach England und nahm als Rückfracht Kohlen wieder mit. So war zu dem Korn- nun auch ein Kohlenhandel gekommen, und auch diesen mußte, gleich der Milchwirtschaft, die Frau besorgen. Um seinen Heinz, wenn er bei seiner Heimkehr auf die kurze Frage „Hat der Junge sich geschickt?“ von der Mutter eine bejahende Antwort erhalten hatte, schien er sich im übrigen nicht groß zu kümmern; nur beim Quartalschlusse pflegte er den Rektor und den Pastor zu besuchen, um zu erfahren, wie der Junge lerne. Dann hieß es allemal, das Lernen sei ihm nur ein Spiel, es bleibe dabei nur zuviel unnütze Zeit ihm übrig; denn wild sei er wie ein Teufel, kein Junge ihm zu groß und keine Spitze ihm zu hoch.

Auf Hans Adams Antlitz hatte sich, nach Aussage des Schulrektors, mehrmals bei solcher Auskunft ein recht ungeeignetes und fast befriedigtes Lächeln gezeigt, während er mit einem kurz hervorgestoßenen „Na, na!“ zum Abschiede ihm die Hand gedrückt habe.

Wie recht übrigens auch Heinzens Lehrer haben mochten, so blieb doch das Schutzverhältnis zu der kleinen Wieb dasselbe, und davon wußte mancher frevle Junge nachzusagen. Auch sah man ihn wohl an Sonntagen mit seiner Mutter nach einem dürftigen, unweit der Stadt belegenen Wäldchen wandern und bei der Rückkehr nebst dem leeren Proviantkorbe sein Schwesterchen auf dem Rücken tragen. Mitunter war auch die allmählich aufwachsende Wieb bei dieser Sonntagswanderung. Die stille Frau Kirch hatte Gefallen an dem feinen Mädchen und pflegte zu sagen: „Laß sie nur mitgehen, Heinz; so ist sie doch nicht bei der schlechten Mutter."

Nach seiner Konfirmation mußte Heinz ein paar Fahrten auf seines Vaters Schiffe machen, nicht mehr als „Spielvogel", sondern als streng gehaltener Schiffsjunge; aber er fügte sich, und nach der ersten Rückkehr klopfte Kapitän Kirch ihm auf die Schulter, während er seiner Frau durch ein kurzes Nicken ihren Anteil an seiner Befriedigung zukommen ließ. Die zweite Reise geschah mit einem Setzschiffer; denn der wachsende Handel daheim verlangte die persönliche Gegenwart des Geschäftsherrn. Dann, nach zwei weiteren Fahrten auf größeren Schiffen, war Heinz als Matrose in das elterliche Haus zurückgekehrt. Er war jetzt siebzehn Jahre; die blaue schirmlose Schiffermütze mit dem bunten Rande und den flatternden Bändern ließ ihm so gut zu seinem frischen braunen Antlitz, daß selbst die Pastorstöchter durch den Zaun lugten, wenn sie ihn nebenan im elterlichen Garten mit seiner Schwester spielen hörten. Auch Kapitän Kirch selber konnte es sonntags beim Gottesdienste nicht unterlassen, von seinem Schifferstuhle nach unten in die Kirche hinabzuschielen, wo sein schmucker Junge bei der Mutter saß. Unterweilen schweiften auch wohl seine Blicke nach dem Epitaphe, wo zwischen mannigfachen Siegestrophäen sich die

Marmorbüste eines stattlichen Mannes in gewaltiger Allongeperücke zeigte; gleich seinem Heinz nur eines Bürgers Sohn, der gleichwohl als Kommandeur von dreien Seiner Majestät Schiffen hier in die Vaterstadt zurückgekommen war. Aber nein, so hohe Pläne hatte Hans Kirch doch nicht mit seinem Jungen, vorläufig galt es eine Reise mit dem Hamburger Schiffe „Hammonia" in die chinesischen Gewässer, von der die Rückkehr nicht vor einem Jahr erfolgen würde; und heute war der letzte Tag im elterlichen Hause.

Die Mutter hatte diesmal nicht ohne Tränen ihres Sohnes Kiste gepackt, und nach der Rückkehr aus der Kirche legte sie noch ihr eignes Gesangbuch obenauf. Der Vater hatte auch in den letzten Tagen außer dem Notwendigen nicht viel mit seinem Sohn gesprochen; nur an diesem Abend, als er auf dem dunkeln Hausflur ihm begegnete, griff er nach seiner Hand und schüttelte sie heftig: „Ich sitze hier nicht still, Heinz; für dich, nur für dich! Und komm auch glücklich wieder!" Heftig hatte er es hervorgestoßen; dann ließ er die Hand seines Sohnes fahren und trabte eilig nach dem Hof hinaus.

Überrascht blickte ihm Heinz eine Weile nach; aber seine Gedanken waren anderswo. Er hatte Wieb am Tage vorher wiedergesehen; doch nur zu ein paar flüchtigen Worten war Gelegenheit gewesen; nun wollte er noch Abschied von ihr nehmen, sie wie sonst noch einmal um den Warder fahren.

Es war ein kühler Maiabend; der Mond stand über dem Wasser, als er an den Hafen hinabkam; aber Wieb war noch nicht da. Freilich hatte sie ihm gesagt, daß sie abends bei einer alten Dame einige leichte Dienste zu versehen habe; desungeachtet, während er an dem einsamen Bollwerk auf und ab ging, konnte er seine Ungeduld kaum niederzwingen; er schalt sich selbst und wußte nicht, weshalb das Klopfen seines Blutes ihm fast den Atem raubte. Endlich sah er sie aus der höher belegenen Straße herabkommen. Bei dem Mondlicht, das ihr voll entgegenfiel, erschien sie ihm so groß und schlank, daß er erst fast verzagte, ob sie es wirklich sei. Gleichwohl hatte sie den Oberkörper in ein großes Tuch vermummt; einer Kopfbedeckung bedurfte sie nicht, denn das blonde Haar lag voll wie ein Häubchen über ihrem zarten Antlitz. „Guten Abend, Heinz!" sagte sie leise, als sie jetzt zu ihm trat; und schüchtern, fast wie ein Fremder, berührte er ihre Hand, die sie ihm entgegenstreckte. Schweigend führte er sie zu einem Boot, das neben einer großen Kuff im Wasser lag. „Komm nur!" sagte er, als er hineingetreten war und der auf der Hafentreppe Zögernden die Arme entgegenstreckte; „ich habe Erlaubnis, wir werden diesmal nicht gescholten."

Als er sie in seinen Armen aufgefangen hatte, löste er die Taue, und das Boot glitt aus dem Schatten des großen Schiffes auf die weite, mondglitzernde Wasserfläche hinaus.

Sie saß ihm auf der Bank am Hinterspiegel gegenüber; aber sie fuhren schon um die Spitze des Warders, wo einige Möwen gackernd aus dem Schlafe auffuhren, und noch immer war kein weiteres Wort zwischen ihnen laut geworden. So vieles hatte Heinz der kleinen Wieb in dieser letzten Stunde sagen wollen, und nun war der Mund ihm wie verschlossen. Und auch das Mädchen, je weiter sie hinauffuhren, je mehr zugleich die kurze Abendzeit verrann, desto stiller und beklommener saß sie da; zwar seine Augen verschlangen fast die kindliche Gestalt, mit der er jetzt so einsam zwischen Meer und Himmel schwebte; die ihren aber waren in die Nacht hinausgewandt. Dann stieg's wohl plötzlich in ihm auf, und das Boot schütterte unter seinen Ruderschlägen, daß sie jäh das Köpfchen wandte und das blaue Leuchten ihrer Augen in die seinen traf. Aber auch das flog rasch vorüber, und es war etwas wie Zorn, das über ihn kam, er wußte nicht, ob gegen sich selber oder gegen sie, daß sie so fremd ihm gegenübersaß, daß alle Worte, die ihm durch den Kopf fuhren, zu ihr nicht passen wollten. Mit Gewalt rief er es sich zurück: hatte er doch draußen schon mehr als einmal die trotzigste Dirne im Arm geschwenkt, auch wohl ein übermütiges Wort ihr zugeraunt; aber freilich, der jungfräulichen Gestalt ihm gegenüber verschlug auch dieses Mittel nicht.

„Wieb", sagte er endlich, und es klang fast bittend, „kleine Wieb, das ist nun heut für lange Zeit das letztemal."

„Ja, Heinz", und sie nickte und sah zu Boden; „ich weiß es wohl." Es war, als ob sie noch etwas andres sagen wollte, aber sie sagte es nicht. Das schwere Tuch war ihr von der Schulter geglitten; als sie es wieder aufgerafft hatte und nun mit ihrer Hand über der Brust zusammenhielt, vermißte er den kleinen Ring an ihrem Finger, den er einst auf dem Jahrmarkte ihr hatte einhandeln helfen. „Dein Ring, Wieb!" rief er unwillkürlich. „Wo hast du deinen Ring gelassen?"

Einen Augenblick noch saß sie unbeweglich; dann richtete sie sich auf und trat über die nächste Bank zu ihm hinüber. Sie mußte in dem schwankenden Boot die eine Hand auf seine Schulter legen, mit der andern langte sie in den Schlitz ihres Kleides und zog eine Schnur hervor, woran der Ring befestigt war. Mit stockendem Atem nahm sie ihrem Freunde die Mütze von den braunen Locken und hing die Schnur ihm um den Hals. „Heinz, o bitte, Heinz!" Der volle blaue Strahl aus ihren Augen ruhte in den seinen; dann stürzten ihre Tränen auf sein Angesicht, und die beiden jungen Menschen fielen sich um den Hals, und da hat der wilde Heinz die kleine Wieb fast totgeküßt.

– – Es mußte schon spät sein, als sie ihr Boot nach dem großen Schiff zurückbrachten; sie hatten keine Stunde schlagen hören; aber alle Lichter in der Stadt schienen ausgelöscht.

Als Heinz an das elterliche Haus kam, fand er die Tür verschlossen; auf sein Klopfen antwortete die Mutter vom Flure aus; aber der Vater war schon zur Ruhe gegangen und hatte den Schlüssel mitgenommen; endlich hörte Heinz auch dessen Schritte, wie sie langsam von droben aus der Kammer die Treppe hinabkamen. Dann wurde schweigend die Tür geöffnet und, nachdem Heinz hineingelassen war, ebenso wieder zugeschlossen; erst als er seinen „Guten Abend" vorbrachte, sah Hans Kirch ihn an: „Hast du die Bürgerglocke nicht gehört? Wo hast du dich umhergetrieben?"

Der Sohn sah den Jähzorn in seines Vaters Augen aufsteigen; er wurde blaß bis unter seine dunkeln Locken, aber er sagte ruhig:

„Nicht umhergetrieben, Vater"; und seine Hand faßte unwillkürlich nach dem kleinen Ringe, den er unter seiner offenen Weste barg.

Aber Hans Kirch hatte zu lange auf seinen Sohn gewartet. „Hüte dich!" schrie er und zuckte mit dem schweren Schlüssel gegen seines Sohnes Haupt. „Klopf nicht noch einmal so an deines Vaters Tür! Sie könnte dir verschlossen bleiben."

Heinz hatte sich hoch aufgerichtet; das Blut war ihm ins Gesicht geschossen; aber die Mutter hatte die Arme um seinen Hals gelegt, und die heftige Antwort unterblieb, die schon auf seinen Lippen saß. „Gute Nacht, Vater!" sagte er, und schweigend die Hand der Mutter drückend, wandte er sich ab und ging die Treppe hinauf in seine Kammer.

Am andern Tage war er fort. Die Mutter ging still umher in dem ihr plötzlich öd gewordenen Hause; die kleine Wieb trug schwer an ihrem jungen Herzen; nachdenklich und fast zärtlich betrachtete sie auf ihrem Arm die roten Striemen, durch welche die Mutter für die Störung ihrer Nachtruhe sich an ihr erholt hatte; waren sie ihr doch fast wie ein Andenken an Heinz, das sie immer hätte behalten mögen; nur Hans Kirchs Dichten und Trachten strebte schon wieder rüstig in die Zukunft.

Nach sechs Wochen war ein Brief von Heinz gekommen; er brachte gute Nachricht; wegen kecken Zugreifens im rechten Augenblick hatte der Kapitän freiwillig seine Heuer erhöht. Die Mutter trat herein, als ihr Mann den Brief soeben in die Tasche steckte. „ich darf doch auch mitlesen?“ frug sie scheu. „du hast doch gute Nachricht?“

„Ja, ja“, sagte Hans Kirch; „nun, nichts Besondres, als daß er dich und seine Schwester grüßen läßt.“

Am Tage darauf aber begann er allerlei Gänge in der Stadt zu machen; in die großen Häuser mit breiten Beischlägen und unter dunklem Lindenschatten sah man ihn der Reihe nach hineingehen. Wer konnte wissen, wie bald der Junge sein Steuermannsexamen hinter sich haben würde; da galt es auch für ihn, noch eine Stufe höher aufzurücken. Im Deputiertenkollegium hatte er bereits einige Jahre gesessen; jetzt war ein Ratsherrenstuhl erledigt, der von den übrigen Mitgliedern des Rates zu besetzen war.

Aber Hans Adams Hoffnungen wurden getäuscht; auf dem erledigten Stuhl saß nach einigen Tagen sein bisheriger Kollege, ein dicker Bäckermeister, mit dem er freilich weder an Reichtum noch an Leibesgewicht sich messen durfte. Verdrießlich war er eben aus einer Deputiertensitzung gekommen, wo nun der Platz des Bäckers leer geworden war, und stand noch, an einem Tabakendchen seinen Groll zerkauend, unter dem Schwanz des Riesenfisches, den sie Anno Siebenzig hier gefangen und zum Gedächtnis neben der Rathaustür aufgehangen hatten, als ein ältliches, aber wehrhaftes Frauenzimmer über den Markt und gerade auf ihn zukam; ein mit zwei großen Schinken beladener Junge folgte ihr.

„Das ging den verkehrten Weg, Hans Adam!" rief sie ihm schon von weitem zu.

Hans Adam hob den Kopf. „Du brauchst das nicht über die Straße hinzuschreien, Jule; ich weiß das ohne dich."

Es war seine ältere Schwester, die nach ihres Mannes Tode mit der Kirchschen Rührigkeit eine Speckhökerei betrieb. „Warum sollte ich nicht schreien?" rief sie wiederum, mir kann's recht sein, wenn sie es alle hören! Du bist ein Geizhals, Hans Adam; aber du hast einen scharfen Kopf, und den können die regierenden Herren nicht gebrauchen, wenn er nicht zufällig auf ihren eignen Schultern sitzt; da paßt ihnen so eine blonde Semmel besser, wenn sie denn doch einmal an uns Mittelbürgern nicht vorbei können."

„Du erzählst mir ganz was Neues!" sagte der Bruder ärgerlich.

„Ja, ja, Hans Adam, du bist auch mir zu klug, sonst säßest du nicht so halb umsonst in unserm elterlichen Hause!“

Die brave Frau konnte es noch immer nicht verwinden, daß von einem Kauflustigen ihrem Bruder einst ein höherer Preis geboten war, als wofür er das Haus in der Nachlaßteilung übernommen hatte. Aber Hans Kirch war diesen Vorwurf schon gewohnt, er achtete nicht mehr darauf, zum mindesten schien es für ihn in diesem Augenblicke nur ein Spornstich, um sich von dem erhaltenen Schlage plötzlich wieder aufzurichten. Äußerlich zwar ließ er den Kopf hängen, als sähe er etwas vor sich auf dem Straßenpflaster; seine Gedanken aber waren schon rastlos tätig, eine neue Bahn nach seinem Ziele hinzuschaufeln: das war ihm klar, es mußte noch mehr erworben und – noch mehr erspart werden; dem Druck des Silbers mußte bei wiederkehrender Gelegenheit auch diese Pforte noch sich öffnen; und sollte es für ihn selbst nicht mehr gelingen, für seinen Heinz, bei dessen besserer Schulbildung und stattlicherem Wesen würde es damit schon durchzubringen sein, sobald er seine Seemannsjahre nach Gebrauch als Kapitän beschlossen hätte.

Mit einer raschen Bewegung hob Hans Adam seinen Kopf empor. „Weißt du, Jule" – er tat wie beiläufig diese Frage –, „ob dein Nachbar Schmüser seinen großen Speicher noch verkaufen will?"

Frau Jule, die mit ihrer letzten Äußerung ihn zu einer ganz andern Antwort hatte reizen wollen und so lange schon darauf gewartet hatte, meinte ärgerlich, da tue er am besten selbst darum zu fragen.

„Ja, ja; da hast du recht." Er nickte kurz und hatte schon ein paar Schritte der Straße zu getan, in der Fritz Schmüser wohnte, als die Schwester, unachtend des Jungen, der seitwärts unter seinen Schinken stöhnte, ihn noch einmal festzuhalten suchte; so wohlfeil sollte er denn doch nicht davonkommen. „Hand Adam!" rief sie; „wart noch einen Augenblick! Dein Heinz..."

Hans Adam stand bei diesem Namen plötzlich still. „Was willst du, Jule?" frug er hastig. „Was soll das mit meinem Heinz?"

„Nicht viel, Hans Adam; aber du weißt wohl nicht, was dein gewitzter Junge noch am letzten Abend hier getrieben hat?"

„Nun?" stieß er hervor, als sie eine Pause machte, um erst die Wirkung dieses Eingangs abzuwarten; „sag's nur gleich auf einmal, Jule; ein Loblied sitzt doch nicht dahinter!"

„Ja nachdem, Hans Adam, je nachdem! Bei der alten Tante war zum Adesagen freilich nicht viel Zeit; aber warum sollte er die schmucke Wiebe, die kleine Matrosendirne, nicht von neun bis elf spazierenfahren? Es möchte wohl ein kalt Vergnügen gewesen sein da draußen auf dem Sund; aber wir Alten wissen ja wohl noch, die Jugend hat allezeit ihr eigen Feuer bei sich."

Hans Adam zitterte, seine Oberlippe zog sich auf und legte seine vollen Zähne bloß. „Schwatz nicht!" sagte er. „Sprich lieber, woher weißt du das?"

„Woher?" Frau Jule schlug ein fröhliches Gelächter auf – „das weiß die ganze Stadt, am besten Christian Jensen, in dessen Boot die Lustfahrt vor sich ging! Aber du bist ein Hitzkopf, Hans Adam, bei dem man sich leicht üblen Bescheid holen kann; und wer weiß denn auch, ob dir die schmucke Schwiegertochter recht ist? Im übrigen" – und sie faßte den Bruder an seinem Rockkragen und zog ihn dicht zu sich heran –, „für die neue Verwandtschaft ist's doch so am besten, daß du nicht auf den Ratsherrnstuhl hinaufgekommen bist."

Als sie solcherweise ihre Worte glücklich angebracht hatte, trat sie zurück. „Komm, Peter, vorwärts!" rief sie dem Jungen zu, und bald waren beide in einer der vom Markte auslaufenden Gassen verschwunden.

Hans Kirch stand noch wie angedonnert auf derselben Stelle. Nach einer Weile setzte er sich mechanisch in Bewegung und ging der Gasse zu, worin Fritz Schmüsers Speicher lag; dann aber kehrte er plötzlich wieder um. Bald darauf saß er zu Hause an seinem Pult und schrieb mit fliegender Feder einen Brief an seinen Sohn, in welchem in verstärktem Maße sich der jähe Zorn ergoß, dessen Ausbruch an jenem letzten Abend durch die Dazwischenkunft der Mutter war verhindert worden.

Monate waren vergangen; die Plätze, von denen aus Heinz nach Abrede hätte schreiben sollen, mußten längst passiert sein, aber Heinz schrieb nicht; dann kamen Nachrichten von dem Schiffe, aber kein Brief von ihm. Hans Kirch ließ sich das so sehr nicht anfechten: „Er wird schon kommen“, sagte er zu sich selber; „er weiß gar wohl, was hier zu Haus für ihn zu holen ist.“ Und somit, nachdem er den Schmüserschen Speicher um billigen Preis erworben hatte, arbeitete er rüstig an der Ausbreitung seines Handels und ließ sich keine Mühe verdrießen. Freilich, wenn er von den dadurch veranlaßten Reisen, teil nach den Hafenstädten des Inlandes, einmal sogar mit seinem Schoner nach England, wieder heimkehrte, „Brief von Heinz?“ war jedesmal die erste hastige Frage an seine Frau, und immer war ein trauriges Kopfschütteln die einzige Antwort, die er darauf erhielt.

Die Sorge, der auch er allmählich sich nicht hatte erwehren können, wurde zerstreut, als die Zeitungen die Rückkehr der „Hammonia“ meldeten. Hans Kirch ging unruhig in Haus und Hof umher, und Frau und Tochter hörten ihn oft heftig vor sich hinreden; denn der Junge mußte jetzt ja selber kommen, und er hatte sich vorgesetzt, ihm scharf den Kopf zu waschen. Aber eine Woche verging, die zweite ging auch bald zu Ende, und Heinz war nicht gekommen. Auf eingezogene Erkundigung erfuhr man endlich, er habe auf der Rückfahrt nach Abkommen mit dem Kapitän eine neue Heuer angenommen; wohin, war nicht zu ermitteln. „Er will mir trotzen!“ dachte Hans Adam. „Sehen wir, wer's am längsten aushält von uns beiden!“ –Die Mutter, welche nichts von jenem Briefe ihres Mannes wußte, ging in kummervollem Grübeln und konnte ihren Jungen nicht begreifen; wagte sie es einmal, ihren Mann nach Heinz zu fragen, so blieb er entweder ganz die Antwort schuldig oder hieß sie, ihm mit dem Jungen ein für allemal nicht mehr zu kommen.

In einem zwar unterschied er sich von der gemeinen Art der Männer: er bürdete der armen Mutter nicht die Schuld an diesen Übelständen auf; im übrigen aber war mit Hans Adam jetzt kein leichter Hausverkehr.

Sommer und Herbst gingen hin, und je weiter die Zeit verrann, desto fester wurzelte der Groll in seinem Herzen; der Name seines Sohnes wurde im eignen Hause nicht mehr ausgesprochen, und auch draußen scheute man sich, nach Heinz zu fragen.

Schon wurde es wieder Frühling, als er eines Morgens von seiner Haustür aus den Herrn Pastor mit der Pfeife am Zaune seines Vorgartens stehen sah. Hans Kirch hatte Geschäfte weiter oben in der Straße und wollte mit stummem Hutrücken vorbeipassieren; aber der Nachbar Pastor rief mit aller Würde pfarramtlicher Überlegenheit ganz laut zu ihm hinüber: „Nun, Herr Kirch, noch immer keine Nachricht von dem Heinz?“

Hans Adam fuhr zusammen, aber er blieb stehen, die Frage war ihm lange nicht geboten worden. „Reden wir von was anderm, wenn's gefällt, Herr Pastor!“ sagte er kurz und hastig.

Aber der Pastor fand sich zur Befolgung dieser Bitte nicht veranlaßt. „Mein lieber Herr Kirch, es ist nun fast das zweite Jahr herum; Sie sollten sich doch einmal wieder um den Sohn bekümmern!“

„Ich dächte, Herr Pastor, nach dem vierten Gebote wär das umgekehrt!“

Der Pastor tat die Pfeife aus dem Munde: „Aber nicht nach dem Gebote, in welchem nach des Herrn Wort die andern alle enthalten sind, und was wäre Euch näher als Euer eigen Fleisch und Blut!“

„Weiß nicht, Ehrwürden“, sagte Hans Kirch, „ich halte mich ans vierte.“

Es war etwas in seiner Stimme, das es dem Pastor rätlich machte, nicht mehr in diesem Tone fortzufahren. „Nun, nun“, sagte er begütigend, „er wird ja schon wiederkehren, und wenn er kommt, er ist ja von Ihrer Art, Herr Nachbar, so wird es nicht mit leeren Händen sein!“

Etwas von dem Schmunzeln, das sich bei dieser letzten Rede auf des Pastors Antlitz zeigte, war doch auch auf das des andern übergegangen, und während sich der erstere mit einer grüßenden Handbewegung nach seinem Hause zurückwandte, trabte Hans Kirch munterer als seit lange die Straße hinauf nach seinem großen Speicher.

Es war am Tage danach, als der alte Postbote dieselbe Straße hinabschritt. Er ging rasch und hielt einen dicken Brief in der Hand, der er schon im Vorwege aus seiner Ledertasche hervorgeholt zu haben schien; aber ebenso rasch schritt, lebhaft auf ihn einredend, ein etwa sechzehnjähriges blondes Mädchen an seiner Seite. „Von einem guten Bekannten, sagst du? Nein, narre ich nicht länger, alter Marten! Sag's doch, von wem ist er denn?“

„Ei, du junger Dummbart“, rief der Alte, indem er mit dem Brief ihr vor den Augen gaukelte, „kann ich das wissen? Ich weiß nur, an wen ich ihn zu bringen habe.“

„An wen, an wen denn, Marten?“

Er stand einen Augenblick und hielt die Schriftseite des Briefes ihr entgegen.

Die geöffneten Mädchenlippen versandten einen Laut, der nicht zu einem Wort gedieh. „Von Heinz!“ kam es dann schüchtern hintennach, und wie eine helle Lohe brannte die Freude auf dem jungen Antlitz.

Der Alte sah sie freundlich an. „Von Heinz?“ wiederholte er schelmisch. „Ei, Wiebchen, mit den Augen ist das nicht darauf zu lesen!“

Sie sagte nichts; aber als er jetzt in der Richtung nach dem Kirchschen Hause zuschritt, lief sie noch immer nebenher.

„Nun“, rief er, „du denkst wohl, daß ich auch für dich noch einen in der Tasche hätte?“

Da blieb sie plötzlich stehen, und während sie traurig ihr Köpfchen schüttelte, ging der Bote mit dem dicken Briefe fort.

Als er die Kirchsche Wohnung betrat, kam eben die Hausmutter mit einem dampfenden Schüsselchen aus der Küche; sie wollte damit in das Oberhaus, wo im Giebelstübchen die kleine Lina an den Masern lag. Aber Marten rief sie an: „Frau Kirch! Frau Kirch! Was geben Sie für diesen Brief?“

Und schon hatte sie die an ihren Mann gerichtete Adresse gelesen und die Schrift erkannt. „Heinz!“ rief auch sie, „oh, von Heinz!“ Und wie ein Jubel brach es aus dieser stillen Brust. Da kam von obenher die Kinderstimme: „Mutter! Mutter!“

„Gleich, gleich, mein Kind!“ Und nach einem dankbaren Nicken gegen den Boten flog sie die Treppen hinauf. „O Lina, Lina! Von Heinz, ein Brief von unserm Heinz!“

Im Wohnzimmer unten saß Hans Kirch an seinem Pulte, zwei aufgeschlagene Handelsbücher vor sich, er war mit seinem

Verlustkonto beschäftigt, das sich diesmal ungewöhnlich groß erwiesen hatte. Verdrießlich hörte er das laute Reden draußen, das ihn in seiner Rechnung störte; als der Postbote hereintrat, fuhr er ihn an: „Was treibt Er denn für Lärmen draußen mit der Frau?"

Statt einer Antwort überreichte Marten ihm den Brief.

Fast grollend betrachtete er die Aufschrift mit seinen scharfen Augen, die noch immer der Brille nicht bedurften. „Von Heinz", brummte er, nachdem er alle Stempel aufmerksam besichtigt hatte, „Zeit wär's denn auch einmal!"

Vergebens wartete der alte Marten, auch aus des Vaters Augen einen Freudenblitz zu sehen; nur ein Zittern der Hand – wie er zu seinem Trost bemerkte – konnte dieser nicht bewältigen, als er jetzt nach einer Schere langte, um den Brief zu öffnen. Und schon hatte er sie angesetzt, als Marten seinen Arm berührte: „Herr Kirch, ich darf wohl noch um dreißig Schilling bitten!"

„Wofür?" – Er warf die Schere hin. – „Ich bin der Post nichts schuldig!"

„Herr, Sie sehen ja wohl, der Brief ist nicht frankiert."

Er hatte es nicht gesehen; Hans Adam biß die Zähne aufeinander: dreißig Schillinge; warum denn auch nicht die noch zum Verlust geschrieben! Aber – die Bagatelle, die war's ja nicht; nein – was dahinter stand! Was hatte doch der Pastor neulich hingeredet? Er würde nicht mit leeren Händen kommen! – Nicht mit leeren Händen! – Hans Adam lachte grimmig in sich hinein. – Nicht mal das Porto hatte er gehabt! Und der, der sollte im Magistrat den Sitz erobern, der für ihn, den Vater, sich zu hoch erwiesen hatte!

Hans Kirch saß stumm und starr an seinem Pulte; nur im Gehirne tobten ihm die Gedanken. Sein Schiff, sein Speicher, alles, was er in so vielen Jahren schwer erworben hatte, stieg vor ihm auf und addierte wie von selber die stattlichen Summen seiner Arbeit. Und das, das alles sollte er diesem... Er dachte den Satz nicht mehr zu Ende; sein Kopf brannte, es brauste ihm vor den Ohren. „Lump!“ schrie er plötzlich, „so kommst du nicht in deines Vaters Haus!“

Der Brief war dem erschrockenen Boten vor die Füße geschleudert. „Nimm“, schrie er, „ich kauf ihn nicht; der ist für mich zu teuer!“ Und Hans Kirch griff zur Feder und blätterte in seinen Kontobüchern.

Der gutmütige Alte hatte den Brief aufgehoben und versuchte bescheiden noch einige Überredung; aber der Hausherr trieb ihn fort, und er war nur froh, die Straße zu erreichen, ohne daß er der Mutter zum zweitenmal begegnet wäre.

Als er seinen Weg nach dem Südende der Stadt fortsetzte, kam Wieb eben von dort zurück; sie hatte in einer Brennerei, welche hier das letzte Haus bildete, eine Bestellung ausgerichtet. Ihre Mutter war nach dem plötzlichen Tode „ihres Mannes zur See“ in aller Form Rechtens die Frau „ihres Mannes auf dem Lande“ geworden und hatte mit diesem eine Matrosenschenke am Hafenplatz errichtet. Viel Gutes wurde von den neuen Wirtschaft nicht geredet; aber wenn an Herbstabenden die über der Haustür brennende rote Lampe ihren Schein zu den Schiffen hinabwarf, so saß es da drinnen in der Schenkstube bald Kopf an Kopf, und der Brenner draußen am Stadtende hatte dort gute Kundschaft.

Als Wieb sich dem alten Postboten näherte, bemerkte sie sogleich, daß er jetzt recht mürrisch vor sich hinsah; und dann – er hatte ja den Brief von Heinz noch immer in der Hand. „Marten!“ rief sie – sie hätte es nicht lassen können –, „der Brief, hast du ihn noch? War denn sein Vater nicht zu Hause?“

Marten machte ein grimmiges Gesicht. „Nein, Kind, sein Vater war wohl nicht zu Hause; der alte Kirch war da; aber für den war der Brief zu teuer."

Die blauen Mädchenaugen blickten ihn erschrocken an. „Zu teuer, Marten?"

„Ja, ja; was meinst du, unter dreißig Schillingen war er nicht zu haben."

Nach diesen Worten steckte Marten den Brief in seine Ledertasche und trat mit einem andern, den er gleichzeitig hervorgezogen hatte, in das nächste Haus.

Wieb blieb auf der Gasse stehen. Einen Augenblick noch sah sie auf die Tür, die sich hinter dem alten Mann geschlossen hatte; dann, als käme ihr plötzlich ein Gedanke, griff sie schnell in ihre Tasche und klimperte darin wie mit kleiner Silbermünze. Ja, Wieb hatte wirklich Geld in ihrer Tasche; sie zählte es sogar, und es war eine ganze Handvoll, die sie schon am Vormittage hinter dem Schenktisch eingenommen hatte. Zwar, es gehörte nicht ihr, das wußte sie recht wohl; aber was kümmerte sie das, und mochte ihre Mutter sie doch immer dafür schlagen! „Marten", sagte sie hastig, als dieser jetzt wieder aus dem Hause trat, und streckte eine Handvoll kleiner Münze ihm entgegen, „da ist das Geld, Marten; gib mir den Brief!“

Marten sah sie voll Verwunderung an.

„Gib ihn doch!“ drängte sie. „Hier sind ja deine dreißig Schillinge!“ Und als der Alte den Kopf schüttelte, faßte sie mit der freien Hand an seine Tasche: „Oh, bitte, bitte, lieber Marten, ich will ihn ja nur einmal zusammen mit seiner Mutter lesen.“

„Kind“, sagte er, indem er ihre Hand ergriff und ihr freundlich in die angstvollen Augen blickte, „wenn's nach mir ginge, so wollten wir den Handel machen; aber selbst der Postmeister darf dir keinen Brief verkaufen.“ Er wandte sich von ihr ab und schritt auf seinem Botenwege weiter.

Aber sie lief ihm nach, sie hing sich an seinen Arm, ihr einfältiger Mund hatte die holdesten Bitt- und Schmeichelworte für den alten Marten und ihr Kopf die allerdümmsten Einfälle; nur leihen sollte er ihr zum mindesten den Brief; er sollte ihn ja noch heute abend wiederhaben.

Der alte Marten geriet in große Bedrängnis mit seinem weichen Herzen; aber ihm blieb zuletzt nichts übrig, er mußte das Kind gewaltsam von sich stoßen.

Da blieb sie zurück; mit der Hand fuhr sie an die Stirn unter ihr goldblondes Haar, als ob sie sich besinnen müsse; dann ließ sie das Geld in ihre Tasche fallen und ging langsam dem Hafenplatze zu. Wer den Weg entgegenkam, sah ihr verwundert nach; denn sie hatte die Hände auf die Brust gepreßt und schluchzte überlaut.

Seitdem waren fünfzehn Jahre hingegangen. Die kleine Stadt erschien fast unverändert; nur daß für einen jungen Kaufherrn aus den alten Familien am Markt ein neues Haus erbaut war, daß Telegraphendrähte durch die Gassen liefen und auf dem Posthausschilde jetzt mit goldenen Buchstaben „Kaiserliche Reichspost“ zu lesen war; wie immer rollte die See ihre Wogen an den Strand, und wenn der Nordwest vom Ostnordost gejagt wurde, so spülte das Hochwasser an die Mauern der Brennerei, die auch jetzt noch in der roten Laterne ihre beste Kundschaft hatte; aber das Ende der Eisenbahn lag noch manche Meile landwärts hinter dem Hügelzuge, sogar auf dem Bürgermeisterstuhle saß trotz der neuen Segnungen noch im guten alten Stile ein studierter Mann, und der Magistrat behauptete sein altes Ansehen, wenngleich die Senatoren jetzt in „Stadträte“ und die Deputierten in „Stadtverordnete“ verwandelt waren; die Abschaffung der Bürgerglocke als eines alten Zopfes war in der Stadtverordnetenversammlung von einem jungen

Mitgliede zwar in Vorschlag gebracht worden, aber zwei alte Herren hatten ihr das Wort geredet: die Glocke hatte sie in ihrer Jugend vor manchem dummen Streich nach Hause getrieben; weshalb sollte jetzt das junge Volk und das Gesinde nicht in gleicher Zucht gehalten werden? Und nach wir vor, wenn es zehn vom Turm geschlagen hatte, bimmelte die kleine Glocke hinterdrein und schreckte die Pärchen auseinander, welche auf dem Markt am Brunnen schwatzten.

Nicht so unverändert war das Kirchsche Haus geblieben. Heinz war nicht wieder heimgekommen; er war verschollen; es fehlte nur, daß er auch noch gerichtlich für tot erklärt worden wäre; von den jüngeren Leuten wußte mancher kaum, daß es hier jemals einen Sohn des alten Kirch gegeben habe. Damals freilich, als der alten Marten den Vorfall mit dem Briefe bei seinen Gängen mit herumgetragen hatte, war von Vater und Sohn genug geredet worden; und nicht nur von diesen, auch von der Mutter, von der man niemals redete, hatte man erzählt, daß sie derzeit, als es endlich auch ihr von draußen zugetragen worden, zum erstenmal sich gegen ihren Mann erhoben habe. „Hans! Hans!“, so hatte sie ihn angesprochen, ohne der Magd zu achten, die an der Küchentür gelauscht hatte; „das ohne mich zu tun, war nicht dein Recht! Nun können wir nur beten, daß der Brief nicht zu dem Schreiber wiederkehre; doch Gott wird ja so schwere Schuld nicht auf dich laden." Und Hans Adam, während ihre Augen voll und tränenlos ihn angesehen, hatte hierauf nichts erwidert, nicht ein Sterbenswörtlein; sie aber hatte nicht nur gebetet; überallhin, wenn auch stets vergebens, hatte sie nach ihrem Sohne forschen lassen; die Kosten, die dadurch verursacht wurden, entnahm sie ohne Scheu den kleineren Kassen, welche sie verwaltete, und Hans Adam, obgleich er bald des innewurde, hatte sie still gewähren lassen. Er selbst tat nichts dergleichen; er sagte es sich beharrlich vor, der Sohn, ob brieflich oder in Person, müsse anders oder niemals wieder an die Tür des Elternhauses klopfen.

Und der Sohn hatte niemals wieder angeklopft. Hans Adams Haar war nur um etwas rascher grau geworden; der Mutter aber hatte endlich das stumme Leid die Brust zernagt, und als die Tochter aufgewachsen war, brach sie zusammen. Nur eins war stark in ihr geblieben, die Zuversicht, daß ihr Heinz einst wiederkehren werde; doch auch die trug sie im stillen. Erst da ihr Leben sich rasch zu Ende neigte, nach einem heftigen Anfall ihrer Schwäche, trat es einmal über ihre Lippen. Es war ein frostheller Weihnachtsmorgen, als sie, von der Tochter gestützt, mühsam die Treppe nach der oben belegenen Schlafkammer emporstieg. Eben, als sie auf halben Wege, tief aufatmend und wie hilflos um sich blickend, gegen das Geländer lehnte, brach die Wintersonne durch die Scheiben über der Haustür und erleuchtete mit ihrem blassen Schein den dunklen Flur. Da wandte die kranke Frau den Kopf zu ihrer Tochter. „Lina“, sagte sie geheimnisvoll, und ihre matten Augen leuchteten plötzlich in beängstigender Verklärung, „ich weiß es, ich werde ihn noch wiedersehen! Er kommt einmal so, wenn wir es gar nicht denken!“

„Meinst du, Mutter?“ frug die Tochter fast erschrocken.

„Mein Kind, ich meine nicht; ich weiß es ganz gewiß!“

Dann hatte sie ihr lächelnd zugenickt; und bald lag sie zwischen den weißen Linnen ihres Bettes, welche in wenigen Tagen ihren toten Leib umhüllen sollten.

In dieser letzten Zeit hatte Hans Kirch seine Frau fast keinen Augenblick verlassen; der Bursche, der ihm sonst im Geschäfte nur zur Hand ging, war schier verwirrt geworden über die ihn plötzlich treffende Selbstverantwortlichkeit; aber auch jetzt wurde der Name des Sohnes zwischen den beiden Eltern nicht genannt; nur da die schon erlöschenden Augen der Sterbenden weit geöffnet und wie suchend in die leere Kammer blickten, hatte Hans Kirch, als ob er ein Versprechen gebe, ihre Hand ergriffen und gedrückt; dann hatten ihre Augen sich zur letzten Lebensruhe zugetan.

Aber wo war, was trieb Heinz Kirch in der Stunde, als seine Mutter starb?

Ein paar Jahre weiter, da war der spitze Giebel des Kirchschen Hauses abgebrochen und statt dessen ein volles Stockwerk auf das Erdgeschoß gesetzt worden; und bald hausete eine junge Wirtschaft in den neuen Zimmern des Oberbaues; denn die Tochter hatte den Sohn eines wohlhabenden Bürgers aus der Nachbarstadt geheiratet, der dann in das Geschäft ihres Vaters eingetreten war. Hans Kirch begnügte sich mit den Räumen des alten Unterbaues; die Schreibstube neben der Haustür bildete zugleich sein Wohnzimmer. Dahinter, nach dem Hofe hinaus, lag die Schlafkammer; so saß er ohne viel Treppensteigen mitten im Geschäft und konnte trotz des anrückenden Greisenalters und seines jungen Partners die Fäden noch in seinen Händen halten. Anders stand es mit der zweiten Seite seines Wesens; schon mehrmals war ein Wechsel in der Magistratspersonen eingetreten, aber Hans Kirch hatte keinen Finger darum gerührt; auch, selbst wenn er darauf angesprochen worden, kein Für oder Wider über die neuen Wahlen aus seinem Munde gehen lassen.

Dagegen schlenderte er jetzt oft, die Hände auf dem Rücken, bald am Hafen, bald in den Bürgerpark, während er sonst auf alle Spaziergänger nur mit Verachtung herabgesehen hatte. Bei anbrechender Dämmerung konnte man ihn auch wohl draußen über der Bucht auf dem hohen Ufer sitzen sehen; er blickte dann in die offene See hinaus und schien keinen der wenigen, die vorübergingen, zu bemerken. Traf es sich, daß aus dem Abendrot ein Schiff hervorbrach und mit vollen Segeln auf ihn zuzukommen schien, dann nahm er seine Mütze ab und strich mit der andern Hand sich zitternd über seinen grauen Kopf. – Aber nein, es geschahen ja keine Wunder mehr; weshalb sollte denn auch Heinz auf jenem Schiffe sein? – Und Hans Kirch schüttelte sich und trat fast zornig seinen Heimweg an.

Der ganze Ehrgeiz des Hauses schien jedenfalls, wenn auch in andrer Form, jetzt von dem Tochtermann vertreten zu werden; Herr Christian Martens hatte nicht geruht, bis die Familie unter den Mitgliedern der Harmoniegesellschaft figurierte, von der bekannt war, daß nur angesehene Bürger zugelassen wurden. Der junge

Ehemann war, wovon der Schwiegervater sich zeitig und gründlich überzeugt hatte, ein treuer Arbeiter und keineswegs ein Verschwender; aber – für einen feinen Mann gelten, mit den Honoratioren einen vertraulichen Händedruck wechseln, etwa noch eine schwergoldene Kette auf brauner Samtweste, das mußte er daneben haben. Hans Kirch zwar hatte anfangs sich gesträubt; als ihm jedoch in einem stillen Nebenstübchen eine solide Partie Sechsundsechzig mit ein paar alten seebefahrenen Herren eröffnet wurde, ging auch er mit seinen Kindern in die Harmonie.

So war die Zeit verflossen, als an einem sonnigen Vormittage im September Hans Kirch vor seiner Haustür stand; mit seinem krummen Rücken, seinem hängenden Kopfe und wie gewöhnlich beide Hände in den Taschen. Er war eben von seinem Speicher heimgekommen; aber die Neugier hatte ihn wieder hinausgetrieben, denn durchs Fenster hatte er linkshin auf dem Markte, wo sonst nur Hühner und Kinder liefen, einen großen Haufen erwachsener Menschen, Männer und Weiber, und offenbar in lebhafter Unterhaltung miteinander wahrgenommen; er hielt die Hand ans Ohr, um etwas zu erhorchen; aber sie standen ihm doch zu fern. Da löste sich ein starkes, aber anscheinend hochbetagtes Frauenzimmer aus der Menge; sie mochte halb erblindet sein, denn sie fühlte mit einem Krückstock vor sich hin; gleichwohl kam sie bald rasch genug gegen das Kirchsche Haus dahergewandert. „Jule!" brummte Hans Adam. „Was will Jule?"

Seitdem der Bruder ihr vor einigen Jahren ein größeres Darlehen zu einem Einkauf abgeschlagen hatte, waren Wort und Gruß nur selten zwischen ihnen gewechselt worden; aber jetzt stand sie vor ihm; schon von weitem hatte sie ihm mit ihrer Krücke zugewinkt. Im ersten Antrieb hatte er sich umwenden und in sein Haus zurückgehen wollen; aber er blieb doch. „Was willst du, Jule?" frug er. „Was verakkordieren die da auf dem Markt?"

„Was die verakkordieren, Hans? Ja, leihst du mir jetzt die hundert Taler, wenn ich dir's erzähle?"

Er wandte sich jetzt wirklich, um ins Haus zu treten.

„Nun, bleib nur!" rief sie. „Du sollst's umsonst zu wissen kriegen; dein Heinz ist wieder da!"

Der Alte zuckte zusammen. „Wo? Was?" stieß er hervor und fuhr mit dem Kopf nach allen Seiten. Die Speckhökerin sah mit Vergnügen, wie seine Hände in den weiten Taschen schlotterten.

„Wo?“ wiederholte sie und schlug den Bruder auf den krummen Rücken. „Komm zu dir, Hans! Hier ist er noch nicht; aber in Hamburg, beim Schlafbaas in der Johannisstraße!“

Hans Kirch stöhnte. „Weibergewäsch!“ murmelte er. „Siebzehn Jahre fort; der kommt nicht wieder – der kommt nicht wieder.“

Aber die Schwester ließ ihn nicht los. „Kein Weibergewäsch, Hans! Der Fritze Reimers, der mit ihm in Schlafstelle liegt, hat's nach Haus geschrieben!“

„Ja, Jule, der Fritze Reimers hat schon mehr gelogen!“

Die Schwester schlug die Arme unter ihrem vollen Busen umeinander. „Zitterst du schon wieder für deinen Geldsack?“ rief sie höhnend. „Ei nun, für dreißig Reichsgulden haben sie unsern Herrn Christus verraten, so konntest du dein Fleisch und Blut auch wohl um dreißig Schillinge verstoßen. Aber jetzt kannst du ihn alle Tage wiederhaben! Ratsherr freilich wird er nun wohl nicht mehr werden; du mußt ihn nun schon nehmen, wie du ihn dir selbst gemacht hast!“

Aber die Faust des Bruders packte ihren Arm; seine Lippen hatte sich zurückgezogen und zeigten das noch immer starke, vollzählige Gebiß. „Nero! Nero!“ schrie er mit heiserer Stimme in die offene

Haustür, während sogleich das Aufrichten des großen Haushundes drinnen hörbar wurde. „Weib, verdammtes, soll ich dich mit Hunden vor der Tür hetzen?“

Frau Jules sittliche Entrüstung mochte indessen nicht so tief gegangen sein; hatte sie doch selbst vor einem halben Jahre ihre einzige Tochter fast mit Gewalt an einen reichen Trunkenbold verheiratet, um von seinen Kapitalien in ihr Geschäft zu bringen; es hatte sie nur gereizt, ihrem Bruder, wie sie später meinte, für die hundert Taler auch einmal etwas auf den Stock zu tun. Und so war sie denn schon dabei, ihm wieder gute Worte zu geben, als vom Markte her ein älterer Mann zu den Geschwistern trat. „Kommt, Nachbar“, sagte dieser, indem er Hans Adams Hand faßte, „wir wollen in Ihr Zimmer gehen; das gehört nicht auf die Straße!“

Frau Jule nickte ein paarmal mit ihrem dicken Kopfe. „Das meine ich auch, Herr Rickerts“, rief sie, indem sie sich mit ihrem Krückstock nach der Straße hinunterfühlte; „erzählen Sie's ihm besser; seiner Schwester hat er es nicht glauben wollen! Aber, Hans, wenn's dir an Reisegeld nach Hamburg fehlen sollte?“

Sie bekam keine Antwort; Herr Rickerts trat mit dem Bruder schon in dessen Zimmer. „Sie wissen es also, Nachbar!“ sagte er; „es hat seine Richtigkeit; ich habe den Brief von Fritze Reimers selbst gelesen."

Hans Kirch hatte sich in seinen Lehnstuhl gesetzt und starrte, mit den Händen auf den Knien, vor sich hin. „Von Fritze Reimers?" frug er dann. „Aber Fritze Reimers ist ein Windsack, ein rechter Weißfisch!"

„Das freilich, Nachbar, und er hat auch diesmal seine eigne Schande nach Haus geschrieben. Beim Schlafbaas in der Johannisstraße haben sie abends in der Schenkstube beisammengesessen, deutsche Seeleute, aber aus allen Meeren, Fritze Reimers und noch zwei andre unsrer Jungens mit dazwischen. Nun haben sie geredet über woher und wohin; zuletzt, wo ein jeder von ihnen denn zuerst die Wand beschrien habe. Als an den Reimers dann die Reihe gekommen ist, da hat er – Sie kennen's ja wohl, Nachbar – das dumme Lied gesungen, worin sie den großen Fisch an unserm Rathaus in einen elenden Bütt verwandelt haben; kaum aber ist das Wort heraus gewesen, so hat vom andern Ende des Tisches einer gerufen: ›Das ist kein Bütt, das ist der Schwanz von einem Butzkopf, und der ist doppelt so lang als Arm und Bein bei dir zusammen!‹ Der Mann, der das gesprochen hat, ist vielleicht um zehn Jahre älter gewesen als unsre Jungens, die da mitgesessen, und hat sich John Smidt genannt. Fritze Reimers aber hat nicht geantwortet, sondern weiter fortgesungen, wie es in dem Liede heißt: ›Und sie handeln, sagt er, da mit Macht, sagt er; hab'n zwei Böte, sagt er, und 'ne Jacht!‹“

„Der Schnösel!“ rief Hans Kirch; „und sein Vater hat bis an seinen Tod auf meinem Schoner gefahren!“

„Ja, ja, Nachbar; der John Smidt hat auch auf den Tisch geschlagen. ›Pfui für den Vogel, der sein eigen Nest beschmutzt!‹“

„Recht so!“ sagte Hans Kirch; „er hätte ihn nur auf seinen dünnen Schädel schlagen sollen!“

„Das tat er nicht; aber als der Reimers ihm zugerufen, was er dabei denn mitzureden habe, da –“

Hans Kirch hatte den andern Arm gefaßt. „Da?“ wiederholte er.

„Ja, Nachbar“ – und des Erzählers Stimme wurde leiser –, „da hat John Smidt gesagt, er heiße eigentlich Heinz Kirch, und ob er denn auch nun noch etwas von ihm kaufen wolle. – Sie wissen es ja, Nachbar, unsre Jungens geben sich da drüben manchmal andre Namen, Smidt oder Mayer, oder wie es eben kommen mag, zumal wenn's mit dem Heuerwechsel nicht so ganz in Ordnung ist. Und dann, ich bin ja erst seit sechzehn Jahren hier; aber nach Hörensagen, es muß Ihrem Heinz schon ähnlich sehen, das!“

Hans Kirch nickte. Es wurde ganz still im Zimmer, nur der Perpendikel der Wanduhr tickte; dem alten Schiffer war, als fühle er eine erkaltende Hand, die den Druck der seinigen erwarte.

Der Krämer brach zuerst das Schweigen. „Wann wollen Sie reisen, Nachbar?“ frug er.

„Heute nachmittag“, sagte Hans Kirch und suchte sich so gerade wie möglich aufzurichten.

„Sie werden guttun, sich reichlich mit Geld zu versehen; denn die Kleidung Ihres Sohnes soll just nicht im besten Stande sein.“

Hans Kirch zuckte. „Ja, ja; noch heute nachmittag.“

Dies Gespräch hatte eine Zuhörerin gehabt; die junge Frau, welche zu ihrem Vater wollte, hatte vor der halb offenen Tür des Bruders Namen gehört und war aufhorchend stehengeblieben. Jetzt flog sie, ohne einzutreten, die Treppe wieder hinauf nach ihrem Wohnzimmer, wo eben ihr Mann, am Fenster sitzend, sich zu besonderer Ergötzung eine Havanna aus dem Sonntagskistchen angezündet hatte. „Heinz!“ rief sie jubelnd ihm entgegen, wie vor Zeiten ihre Mutter es gerufen hatte, „Nachricht von Heinz! Er lebt; er wird bald bei uns sein!“ Und mit überstürzenden Worten erzählte sie, was sie unten im Flur erlauscht hatte. Plötzlich aber hielt sie inne und sah auf ihren Mann, der nachdenklich die Rauchwölkchen vor sich hinblies.

„Christian!“ rief sie und kniete vor ihm hin; mein einziger Bruder! Freust du dich denn nicht?“

Der junge Mann legte die Hand auf ihren Kopf: „Verzeih mir, Lina; es kam so unerwartet; dein Bruder ist für mich noch gar nicht dagewesen; es wird ja nun so vieles anders werden.“ Und behutsam und verständig, wie es sich für einen wohldenkenden Mann geziemt, begann er dann ihr dazulegen, wie durch diese nicht mehr vermutete Heimkehr die Grundlagen ihrer künftigen Existenz beschränkt, ja vielleicht erschüttert würden. Daß seinerseits die Verschollenheit des Haussohnes, wenn auch ihm selbst kaum eingestanden, wenigstens den zweiten Grund zum Werben um Hans Adams Tochter abgegeben habe, das ließ er freilich nicht zu Worte kommen, so aufdringlich es auch jetzt vor seiner Seele stand.

Frau Lina hatte aufmerksam zugehört. Da aber ihr Mann jetzt schwieg, schüttelte sie nur lächelnd ihren Kopf: „Du sollst ihn nur erst kennenlernen; oh, Heinz war niemals eigennützig."

Er sah sie herzlich an. „Gewiß, Lina; wir müssen uns darein zu finden wissen; um desto besser, wenn er wiederkehrt, wie du ihn einst gekannt hast."

Die junge Frau schlug den Arm um ihres Mannes Nacken: „Oh, du bist gut, Christian! Gewiß, ihr werdet Freunde werden!"

Dann ging sie hinaus; in die Schlafkammer, in die beste Stube, an den Herd; aber ihre Augen blickten nicht mehr so froh, es war auf ihre Freude doch ein Reif gefallen. Nicht, daß die Bedenken ihres Mannes auch ihr Herz bedrängten; nein, aber daß so etwas überhaupt nur sein könne; sie wußte selber kaum, weshalb ihr alles jetzt so öde schien.

Einige Tage später war Frau Lina beschäftigt, in dem Oberbau die Kammer für den Bruder zu bereiten; aber auch heute war ihr die Brust nicht freier. Der Brief, worin der Vater seine und des Sohnes Ankunft gemeldet hatte, enthielt kein Wort von einem frohen Wiedersehen zwischen beiden; wohl aber ergab der weitere Inhalt, daß der Wiedergefundene sich anfangs unter seinem angenommenen Namen vor dem Vater zu verbergen gesucht habe und diesem wohl nur widerstrebend in die Heimat folgen werde.

Als dann an dem bezeichneten Sonntagabend das junge Ehepaar zu dem vor dem Hause haltenden Wagen hinausgetreten war, sahen sie bei dem Lichtschein, der aus dem offenen Flur fiel, einen Mann herabsteigen, dessen wetterhartes Antlitz mit dem rötlichen Vollbart und dem kurzgeschorenen Haupthaar fast einen Vierziger anzudeuten schien; eine Narbe, die über Stirn und Auge lief, mochte indessen dazu beitragen, ihn älter erscheinen zu lassen, als er wirklich war. Nach ihm kletterte langsam Hans Kirch vom Wagen. „Nun, Heinz", sagte er, nacheinander auf die Genannten hinweisend, „das ist deine Schwester Lina und das ihr Mann Christian Martens; ihr müßt euch zu vertragen suchen."

Ebenso nacheinander streckte diesen jetzt Heinz die Hand entgegen und schüttelte die ihre kurz mit einem trockenen „ Very well!" Er tat dies mit einer unbeholfenen Verlegenheit; mochte die Art seiner Heimkehr ihn bedrücken oder fühlte er eine Zurückhaltung in der Begrüßung der Geschwister; denn freilich, sie hatten von dem Wiederkehrenden sich ein andres Bild gemacht.

Nachdem alle in das Haus getreten waren, geleitete Frau Lina ihren Bruder die Treppe hinauf nach seiner Kammer. Es war nicht mehr dieselbe, in der er einst als Knabe geschlafen hatte, es war hier oben ja alles neu geworden; aber er schien nicht darauf zu achten. Die junge Frau legte das Reisegepäck, das sie ihm nachgetragen hatte, auf den Fußboden. „Hier ist dein Bett", sagte sei dann, indem sie die weiße Schutzdecke abnahm und zusammenlegte; „Heinz, mein Bruder, du sollst recht sanft hier schlafen!"

Er hatte den Rock abgeworfen und war mit aufgestreiften Ärmeln an den Waschtisch getreten. Jetzt wandte er rasch den Kopf, und seine braunen blitzenden Augen ruhten in den ihren. „Dank, Schwester", sagte er. Dann tauchte er den Kopf in die Schale und sprudelte mit dem Wasser umher, wie es wohl Leuten eigen ist, die dergleichen im Freien zu verrichten pflegen. Die Schwester, am Türpfosten lehnend, sah dem schweigend zu; ihre Frauenaugen musterten des Bruders Kleidung, und sie erkannte wohl, daß alles neu geschafft sein mußte; dann blieben ihre Blicke auf den braunen sehnigen Armen des Mannes haften, die noch mehr Narben zeigten als das Antlitz. „Armer Heinz", sagte sie, zu ihm hinüberblickend, „die müssen schwere Arbeit getan haben!"

Er sah sie wieder an; aber diesmal war es ein wildes Feuer, das aus seinen Augen brach. „ Demonio!“ rief er, die aufgestreckten Arme schüttelnd, „allerlei Arbeit, Schwester! Aber – „ basta y basta!“ Und er tauchte wieder den Kopf in die Schale und warf das Wasser über sich, als müsse er, Gott weiß was, herunterspülen.

Beim Abendtee, den die Familie zusammen einnahm, wollte eine Unterhaltung nicht recht geraten. „Ihr seid weit umhergekommen, Schwager“, sagte nach einigen vergeblichen Anläufen der junge Ehemann; „Ihr müßt uns viel erzählen.“

„Weit genug“, erwiderte Heinz; aber zum Erzählen kam es nicht; er gab nur kurze allgemeine Antwort.

„Laß nur, Christian!“ mahnte Frau Lina; „er muß erst eine Nacht zu Haus geschlafen haben.“ Dann aber, damit es am ersten Abend nicht gar zu stille werde, begann sie selbst die wenigen Erinnerungen aus des Bruders Jugendjahren auszukramen, die sie nach eignem Erlebnis oder den Erzählungen der Mutter noch bewahrte.

Heinz hörte ruhig zu. „Und dann“, fuhr sie fort, „damals, als du dir den großen Anker mit deinem Namen auf den Arm geätzt hattest! Ich weiß noch, wie ich schrie, als du so verbrannt nach Hause kamst, und wie dann der Physikus geholt wurde. Aber" – und sie stutzte einen Augenblick – „war es denn nicht auf dem linken Unterarm?"

Heinz nickte. „Mag wohl sein; das sind so Jungensstreiche."

„Aber, Heinz, es ist ja nicht mehr da; ich meinte, so was könne nie vergehen!"

„Muß doch wohl, Schwester; sind verteufelte Krankheiten da drüben; man muß schon oft zufrieden sein, wenn sie einem nicht gar die Haut vom Leibe ziehen."

Hans Kirch hatte nur ein halbes Ohr nach dem, was hier gesprochen wurde. Noch mehr als sonst in sich zusammengesunken, verzehrte er schweigend sein Abendbrot; nur bisweilen warf er von unten auf einen seiner scharfen Blicken auf den Heimgekehrten, als wolle er prüfen, was mit diesem Sohn noch zu beginnen sei.

– – Aber auch für die folgenden Tage blieb dies wortkarge Zusammensein. Heinz erkundigte sich weder nach früheren Bekannten, noch sprach er von dem, was weiter denn mit ihm geschehen solle. Hans Adam frug sich, ob der Sohn das erste Wort von ihm erwarte oder ob er überhaupt nicht an das Morgen denke;

„ja, ja", murmelte er dann und nickte heftig mit seinem grauen Kopfe; „er ist's ja siebzehn Jahre so gewohnt geworden."

Aber auch heimisch schien Heinz sich nicht zu fühlen. Hatte er kurze Zeit im Zimmer bei der Schwester seine Zigarre geraucht, so trieb es ihn wieder fort; hinab nach dem Hafen, wo er dem oder jenem Schiffer ein paar Worte zurief, oder nach dem großen Speicher, wo er teilnahmslos dem Abladen der Steinkohlen oder andern Arbeiten zusah. Ein paarmal, da er unten im Kontor gesessen hatte, hatte Hans Kirch das eine oder andre der Geschäftsbücher vor ihm aufgeschlagen, damit er von dem gegenwärtigen Stande des Hauses Einsicht nehme; aber er hatte sie jedesmal nach kurzem Hin- und Herblättern wie etwas Fremdes wieder aus der Hand gelegt.

In einem aber schien er, zur Beruhigung des jungen Ehemannes, der Schilderung zu entsprechen, die Frau Lina an jenem Vormittage von ihrem Bruder ihm entworfen hatte: an eine Ausnutzung seiner Sohnesrechte schien der Heimgekehrte nicht zu denken.

Und noch ein zweites war dem Frauenauge nicht entgangen. Wie der Bruder einst mit ihr, der soviel jüngeren Schwester, sich herumgeschleppt, ihr erzählt und mit ihr gespielt hatte, mit ihr und – wie sie von der Mutter wußte – früher auch mit einer andern, der er bis jetzt mit keinem Worte nachgefragt, und von der zu reden sie vermieden hatte, in gleicher Weise ließ er jetzt, wenn er am Nachmittage draußen auf dem Beischlag saß, den kleinen Sohn des Krämers auf seinem Schoß herumklettern und sich Bart und Haar von ihm zerzausen; dann konnte er auch lachen, wie Frau Lina meinte, es einst im Garten oder auf jenen Sonntagswanderungen mit der Mutter von ihrem Bruder Heinz gehört zu haben. Schon am zweiten Tage, da sie eben in Hut und Tuch aus der Haustür zu ihm treten wollte, hatte sie ihn so getroffen. Der kleine Bub stand auf seinen Knien und hielt ihn bei der Nase: „Du willst mir was vorlügen, du großer Schiffer!“ sagte er und schüttelte derb an ihm herum.

„Nein, nein, Karl, by Jove, es gibt doch Meerfrauen; ich habe sie ja selbst gesehen.“

Der Knabe ließ ihn los. „Wirklich? Kann man die denn heiraten?“

„Oho, Junge! Freilich kann man das! Da drüben in Texas, könntst allerlei da zu sehen bekommen, kannte ich einen, der hatte eine Meerfrau; aber sie mußte immer in einer großen Wassertonne schwimmen, die in seinem Garten stand.“

Die Augen des kleinen Burschen leuchteten; er hatte nur einmal einen jungen Seehund so gesehen, und dafür hatte er einen Schilling zahlen müssen. „Du“, sagte er heimlich und nickte seinem bärtigen Freunde zu, „ich will auch eine Wasserfrau heiraten, wenn ich groß bin!“

Heinz sah nachdenklich den Knaben an. „Tu das nicht, Karl; die Wasserfrauen sind falsch; bleib lieber in deines Vaters Stor und spiel mit deines Nachbarn Katze.“

Die Hand der Schwester legte sich auf seine Schulter: „Du wolltest mit mir zu unsrer Mutter Grabe!“

Und Heinz setzte den Knaben zur Erde und ging mit Frau Lina nach dem Kirchhof. Ja, er hatte sich später auch von ihr bereden lassen, den alten Pastor, der jetzt mit einer Magd im großen Pfarrhaus wirtschaftete, und sogar auch Tante Jule zu besuchen, um die der Knabe Heinz sich wenig einst gekümmert hatte.

So war der Sonntagvormittag herangekommen, und die jungen Eheleute rüsteten sich zum gewohnten Kirchgang; auch Heinz hatte sich bereit erklärt. Hans Kirch war am Abend vorher besonders schweigsam gewesen, und die Augen der Tochter, die ihn kannte, waren mehrmals angstvoll über des Vaters Antlitz hingestreift. Jetzt kam es ihr wie eine Beruhigung, als sie ihn vorhin den großen

Flurschrank hatte öffnen und wieder schließen hören, aus dem er selber seinen Sonntagsrock hervorzuholen pflegte.

Als aber bald danach die drei Kirchgänger in das untere Zimmer traten, stand Hans Kirch, die Hände auf dem Rücken, in seiner täglichen Kleidung an dem Fenster und blickte auf die leere Gasse; Hut und Sonntagsrock lagen wie unordentlich hingeworfen auf einem Stuhl am Pulte.

„Vater, es ist wohl an der Zeit!“ erinnerte Frau Lina schüchtern.

Hans Adam hatte sich umgewandt. „Geht nur!“ sagte er trocken, und die Tochter sah, wie seine Lippen zitterten, als sie sich über den starken Zähnen schlossen.

„Wie, du willst nicht mit uns, Vater?“

„Heute nicht, Lina!“

„Heute nicht, wo Heinz nun wieder bei uns ist?“

„Nein Lina“, er sprach die Worte leise, aber es war, als müsse es gleich danach hervorbrechen; „ich mag heute nicht allein in unsern Schifferstuhl.“

„Aber, Vater, du tust das ja immer“, sagte Frau Lina zagend; „Christian sitzt ja auch stets unten bei mir.“

„Ei was, dein Mann, dein Mann!“ und ein zorniger Blick schoß unter den buschigen Brauen zu seinem Sohn hinüber, und seine Stimme wurde immer lauter – „dein Mann gehört dahin; aber die alten Matrosen, die mit fünfunddreißig Jahren noch fremde Kapitäne ihres Vaters Schiffe fahren lassen, die längst ganz anderswo noch sitzen sollten, die mag ich nicht unter mir im Kirchstuhl sehen!“

Er schwieg und wandte sich wieder nach dem Fenster, und niemand hatte ihm geantwortet; dann aber legte Heinz das Gesangbuch, das seine Schwester ihm gegeben hatte, auf das Pult. „Wenn's nur das ist, Vater“, sagte er, „der alte Matrose kann zu Hause bleiben; er hat so manchen Sonntag nur den Wind in den Tauen pfeifen hören.“

Aber die Schwester ergriff des Bruders, dann des Vaters Hände. „Heinz! Vater! Laßt das ruhen jetzt! Hört zusammen Gottes Wort; ihr werdet mit guten Gedanken wiederkommen, und dann redet miteinander, was nun weiter werden soll!“ Und wirklich, mochte es nun den heftigen Mann beruhigt haben, daß er, zum mindesten vorläufig, sich mit einem Worte Luft geschafft – was sie selber nicht erwartet hatte, sie brachte es dahin, daß beide in die Kirche gingen.

Aber Hans Kirch, während unten, wie ihm nicht entging, sich aller Blicke auf den Heimgekehrten richteten, saß oben unter den andern alten Kapitänen und Reedern und starrte, wie einst, nach der Marmorbüste des alten Kommandeurs; das war auch ein Stadtjunge gewesen, ein Schulmeisterssohn, wie Heinz ein Schulmeistersenkel; wie anders war der heimgekommen!

– – Eine Unterredung zwischen Vater und Sohn fand weder nach dem Kirchgang noch am Nachmittage statt. Am Abend zog Frau Lina den Bruder in ihre Schlafkammer: „Nun, Heinz, hast du mit Vater schon gesprochen?“

Er schüttelte den Kopf: „Was soll ich mit ihm sprechen, Schwester?“

„Du weißt es wohl, Heinz; er will dich droben in der Kirche bei sich haben. Sag ihm, daß du dein Steuermannsexamen machen willst; warum hast du es nicht längst gesagt?“

Ein verächtliches Lachen verzerrte sein Gesicht: „Ist das eine Gewaltssache mit dem alten Schifferstuhl!“ rief er. „ Todos diablos, ich alter Kerl noch auf der Schulbank! Denk wohl, ich habe manche alte Bark auch ohne das gesteuert!“

Sie sah ihn furchtsam an; der Bruder, an den sie sich zu gewöhnen anfing, kam ihr auf einmal fremd, ja unheimlich vor. „Gesteuert?“ wiederholte sie leise; „wohin hast du gesteuert, Heinz? Du bist nicht weit gekommen.“

Er blickte eine Weile seitwärts auf den Boden; dann reichte er ihr die Hand. „Mag sein, Schwester“, sagte er ruhig; „aber – ich kann noch nicht wie ihr; muß mich immer erst besinnen, wo ich hinzutreten habe; kennt das nicht, ihr alle nicht, Schwester! Ein halbes Menschenleben – ja rechne, noch mehr als ein halbes Menschenleben kein ehrlich Hausdach überm Kopf; nur wilde See oder wildes Volk oder beides miteinander! Ihr kennt das nicht, sag ich, das Geschrei und das Gefluche, mein eignes mit darunter; ja, ja, Schwester, mein eignes auch, es lärmt mir noch immer in den Ohren; laßt's erst stiller werden, sonst – es geht sonst nicht!“

Die Schwester hing an seinem Halse. „Gewiß, Heinz, gewiß, wir wollen Geduld haben; oh, wie gut, daß du nun bei uns bist!“

Plötzlich, Gott weiß woher, tauchte ein Gerücht auf und wanderte emsig von Tür zu Tür: der Heimgekehrte sei gar nicht Heinz Kirch, es sei der Hasselfritz, ein Knabe aus dem Armenhause, der gleichzeitig mit Heinz zur See gegangen war und gleich diesem seitdem nichts von sich hatte hören lassen. Und jetzt, nachdem es eine kurze Weile darum herumgeschlichen, war es auch in das Kirchsche Haus gedrungen. Frau Lina griff sich mit beiden Händen an die Schläfen; sie hatte durch die Mutter wohl von jenem andern gehört; wie Heinz hatte er braune Augen und braunes Haar gehabt und war wie dieser ein kluger wilder Bursch gewesen; sogar eine Ähnlichkeit hatte man derzeit zwischen ihnen finden wollen. Wenn alle Freude nun um nichts sein sollte, wenn es nun nicht der Bruder wäre! Eine helle Röte schlug ihr ins Gesicht: sie hatte ja an dieses Menschen Hals gehangen, sie hatte ihn geküßt – Frau Lina vermied es plötzlich, ihr zu berühren; verstohlen aber und desto öfter hafteten ihre Augen auf den rauhen Zügen ihres Gastes, während zugleich ihr innerer Blick sich mühte, unter den Schatten der Vergangenheit das Knabenantlitz ihres Bruders zu erkennen. Als dann auch der junge Ehemann zur Vorsicht mahnte, wußte Frau Lina sich auf einmal zu entsinnen, wie gleichgültig ihr der Bruder neulich an ihrer Mutter Grab erschienen sei; als ob er sich langweile, habe er mit beiden Armen sich über Eisenstangen der Umfassung gelehnt und dabei seitwärts nach den andern Gräbern hingestarrt; fast, als ob, wie bei dem Vaterunser nach der Predigt, nur das Ende abgewartet werden müsse.

Beiden Eheleuten erschien jetzt auch das ganze Gebaren des Bruders noch um vieles ungeschlachter als vordem; dies Sichumherwerfen auf den Stühlen, diese Nichtachtung von Frau Linas sauberen Dielen. Heinz Kirch, das sagten alle, und den Eindruck bewahrte auch Frau Linas eignes Gedächtnis, war ja ein feiner junger Mensch gewesen. Als beide dann dem Vater ihre Bedenken mitteilten, war es auch dem nichts Neues mehr; aber er hatte geschwiegen und schwieg auch jetzt; nur die Lippen drückte er fester aufeinander. Freilich, als er bald darauf seinen alten Pastor mit der Pfeife am Zaune seines Vorgartens stehen sah, konnte er doch nicht lassen, wie zufällig heranzutreten und so von weitem an ihm herumzuforschen.

„Ja, ja“, meinte der alte Herr, „es war recht schicklich von dem Heinz, daß er seinen Besuch mir gleich am zweiten Tage gönnte.“

„Schuldigkeit, Herr Pastor“, versetzte Kirch; „mag Ihnen aber auch wohl ergangen sein wie mir: es kostet Künste, in diesem Burschen mit dem roten Bart den alten Heinz herauszufinden.“

Der Pastor nickte; sein Gesicht zeigte plötzlich den Ausdruck oratorischer Begeisterung. „Ja, mit dem Barte!“ wiederholte er nachdrücklich und fuhr mit der Hand, wie auf der Kanzel, vor sich hin. „Sie sagen es, Herr Nachbar; und wahrlich, seit dieser unzierliche Zierat Mode worden, kann man die Knaben in den Jünglingen nicht wiedererkennen, bevor man sie nicht selber sich bei Namen rufen hörte; das habe ich an meinen Pensionären selbst erfahren! Da war der blonde Dithmarscher, dem Ihr Heinz – er wollte jetzo zwar darauf vergessen haben – einmal den blutigen Denkzettel unter die Nase schrieb; der gleich wahrlich einem weißen Hammel, da er von hier fortging; und als er nach Jahren in meine friedliche Kammer so unerwartet eintrat – ein Löwe! Ich versichere Sie, Herr Nachbar, ein richtiger Löwe! Wenn nicht die alten Schafsaugen zum Glück noch standgehalten hätten, ich alter Mann hätte ja den Tod sonst davon haben können!" Der Pastor sog ein paarmal an seiner Pfeife und drückte sich das Samtkäppchen fester auf den weißen Kopf.

„Nun freilich", meinte Hans Kirch; denn er fühlte wohl, daß er ein Lieblingsthema wachgerufen habe, und suchte noch einmal wieder anzuknüpfen; „solche Signale wie Ihr Dithmarscher hat mein Heinz nicht aufzuweisen."

Aber der alte Herr ging wieder seinen eignen Weg. „Bewahre!" sagte er verächtlich und machte mit der Hand eine Bewegung, als ob er die Schafsaugen weit von sich in die Büsche werfe. „Ein Mann, ein ganzer Mann!“ Dann hob er den Zeigefinger und beschrieb schelmisch lächelnd eine Linie über Stirn und Auge: „Auch eine Dekorierung hat er sich erworben; im Gefecht, Herr Nachbar, ich sage im Gefechte; gleich einem alten Studiosus! Zu meiner Zeit – Seeleute und Studenten, das waren die freien Männer, wir standen allzeit beieinander!“

Hans Kirch schüttelte den Kopf. „Sie irren, Ehrwürden; mein Heinz war nur auf Kauffahrteischiffen; im Sturm, ein Holzsplitter, eine stürzende Stenge tun wohl dasselbe schon.“

„ Credo experto! Traue dem Sachkundigen!“ rief der alte Herr und hob geheimnisvoll das linke Ohrläppchen, hinter welchem die schwachen Spuren einer Narbe sichtbar wurden. „Im Gefecht, Herr Nachbar; oh, wir haben auch pro patria geschlagen.“

Ein Lächeln flog über das Gesicht des alten Seemanns, das für einen Augenblick das starke Gebiß bloßlegte. „Ja, Herr Pastor; freilich, er war kein Hasenfuß, mein Heinz!“

Aber der frohe Stolz, womit diese Worte hervorbrachen, verschwand schon wieder; das Bild seines kühnen Knaben verblich vor dem des Mannes, der jetzt unter seinem Dache hauste.

Hans Kirch nahm kurzen Abschied; er gab es auf, es noch weiter mit der Geschwätzigkeit des Greisenalters aufzunehmen.

– – Am Abend war Ball in der Harmonie. Heinz wollte zu Hause bleiben; er passe nicht dahin; und die jungen Eheleute, die ihm auch nur wie beiläufig davon gesprochen hatten, waren damit einverstanden; denn Heinz, sie mochten darin nicht unrecht haben, war in dieser Gesellschaft für jetzt nicht wohl zu präsentieren. Frau Lina wollte ebenfalls zu Hause bleiben; doch sie mußte dem Drängen ihres Mannes nachgeben, der einen neuen Putz für sie erhandelt hatte. Auch Hans Kirch ging zu seiner Partie Sechsundsechzig; eine innere Unruhe trieb ihn aus dem Hause.

So blieb denn Heinz allein zurück. Als alle fort waren, stand er, die Hände in den Taschen, am Fenster seiner dunklen Schlafkammer, das nach Nordosten auf die See hinausging. Es war unruhiges Wetter, die Wolken jagten vor dem Mond; doch konnte er jenseit des Warders, in dem tieferen Wasser, die weißen Köpfe der Wellen schäumen sehen. Er starrte lange darauf hin; allmählich, als seine Augen sich gewöhnt hatten, bemerkte er auch drüben auf der Insel einen hellen Dunst; von dem Leuchtturm konnte das nicht kommen; aber das große Dorf lag dort, wo, wie er hatte reden hören, heute Jahrmarkt war. Er öffnete das Fenster und lehnte sich hinaus; fast meinte er, durch das Rauschen des Wassers die ferne Tanzmusik zu hören; und als packte es ihn plötzlich, schlug er das Fenster eilig zu und sprang, seine Mütze vom Türhaken reißend, in den Flur hinab. Als er ebenso rasch der Haustür zuging, frug die Magd ihn, ob sie mit dem Abschließen auf ihn warten solle; aber er schüttelte nur den Kopf, während er das Haus verließ.

Kurze Zeit danach, beim Rüsten der Schlafgemächer für die Nacht, betrat die Magd auch die von ihrem Gaste vorhin verlassene Kammer. Sie hatte ihr Lämpchen auf dem Vorplatze gelassen und nur die Wasserflasche rasch hineinsetzen wollen; als aber draußen eben jetzt der Mond sein volles Licht durch den weiten Himmelsraum ergoß, trat sie gleichfalls an das Fenster und blickte auf die wie im Silberschaum gekrönten Wellen; bald aber waren es nicht mehr diese; ihre jungen weit reichenden Augen hatte ein Boot erkannt, das von einem einzelnen Manne durch den sprühenden Gischt der Insel zugetrieben wurde.

Wenn Hans Kirch oder die jungen Eheleute in die Harmonie gegangen waren, um dort nähere Aufschlüsse über jenes unheimliche Gerücht zu erhalten, so mußte sie sich getäuscht finden; niemand ließ auch nur ein andeutendes Wort darüber fallen; es war wieder wie kurz zuvor, als ob es niemals einen Heinz Kirch gegeben hätte.

Erst am andern Morgen erfuhren sie, daß dieser am Abend bald nach ihnen fortgegangen und bis zur Stunde noch nicht wieder da sei; die Magd teilte auf Befragen ihre Vermutungen mit, die nicht weit vom Ziele treffen mochten. Als dann endlich kurz vor Mittag der Verschwundene mit stark gerötetem Antlitz heimkehrte, wandte Hans Kirch, den er im Flur traf, ihm den Rücken und ging rasch in seine Stube. Frau Lina, der er auf der Treppe begegnete, sah ihn vorwurfsvoll und fragend an; sie stand einen Augenblick, als ob sie sprechen wolle; aber – wer war dieser Mann? – Sie hatte sich besonnen und ging stumm vorüber.

Nach der schweigend eingenommenen Mittagsmahlzeit hatte Heinz sich oben in der Wohnstube des jungen Paares in die Sofaecke gesetzt. Frau Lina ging ab und zu; er hatte den Kopf gestützt und war eingeschlafen. Als er nach geraumer Zeit erwachte, war die Schwester fort; statt dessen sah er den grauen Kopf des Vaters über sich gebeugt; der Erwachende glaubte es noch zu fühlen, wie die scharfen Augen in seinem Antlitz forschten.

Eine Weile hafteten beider Blicke ineinander; dann richtete der Jüngere sich auf und sagte: „Laßt nur, Vater; ich weiß es schon, Ihr möchtet gern, daß ich der Hasselfritze aus der Armenkate wäre; möcht Euch schon den Gefallen tun, wenn ich mich selbst noch mal zu schaffen hätte."

Hans Kirch war zurückgetreten: „Wer hat dir das erzählt?" sagte er. „Du kannst nicht behaupten, daß ich dergleichen von dir gesagt hätte."

„Aber Euer Gesicht sagt mir's; und unsre junge Frau, sie zuckt vor meiner Hand, als sollt' sei eine Kröte fassen. Wußte erst nicht, was da unterwegs sei; aber heut nacht, da drüben, da schrien es beim Tanz die Eulen in die Fenster."

Hans Kirch erwiderte nichts; der andre aber war aufgestanden und sah auf die Gasse, wo in Stößen der Regen vom Herbstwinde vorbeigetrieben wurde. „Eins aber", begann er wieder, indem er sich finster zu dem Alten wandte, „mögt Ihr mir noch sagen! Warum damals, da ich noch jung war, habt Ihr das mit dem Brief mir angetan? Warum? Denn ich hätte Euch sonst mein altes Gesicht wohl werden heimgebracht."

Hans Kirch fuhr zusammen. An diesen Vorgang hatte seit dem Tode seines Weibes keine Hand gerührt; er selbst hatte ihn tief in sich begraben. Er fuhr mit den Fingern in die Westentasche und biß ein Endchen von der schwarzen Tabaksrolle, die er daraus hervorgeholt hatte. „Einen Brief?" sagte er dann. „Mein Sohn Heinz war nicht für das Briefschreiben."

„Mag sein, Vater; aber einmal – einmal hat er doch geschrieben; in Rio hatte er den Brief zur Post gegeben, und später, nach langer Zeit – der Teufel hatte wohl sein Spiel dabei – in San Jago, in dem Fiebernest, als die Briefschaften für die Mannschaft ausgeteilt wurden, da hieß es: Hier ist auch was für dich. Und als der Sohn vor Freude zitternd seine Hand ausstreckte u mit den Augen nur die Aufschrift des Briefes erst verschlingen wollte, da war's auch wirklich einer, der von Hause kam, und auch eine Handschrift von zu Hause stand darauf; aber – es war doch nur sein eigner Brief, der nach sechs Monaten uneröffnet wieder an ihn zurückkam."

Es sah fast aus, als seien die Augen des Alten feucht geworden; als er aber den trotzigen Blick des Jungen sich gegenüber sah, verschwand das wieder. „Viel Rühmliches mag auch nicht darin gestanden haben!“ sagte er grollend.

Da fuhr ein hartes Lachen aus des Jüngeren Munde und gleich darauf ein fremdländischer Fluch, den der Vater nicht verstand. „Da mögt Ihr recht haben, Hans Adam Kirch; ganz regulär war's just nicht hergegangen; der junge Bursche wär auch damals gern vor seinem Vater hingefallen; lagen aber tausend Meilen zwischen ihnen; und überdem – das Fieber hatte ihn geschüttelt, und er war erst eben von seinem elenden Lazarettbett aufgestanden! Und später dann – was meint Ihr wohl, Hans Kirch? Wen Vaters Hand verstoßen, der fragt bei der nächsten Heuer nicht, was unterm Deck geladen ist, ob Kaffeesäcke oder schwarze Vögel, die eigentlich aber schwarze Menschen sind; wenn's nur Dublonen gibt; und fragt auch nicht, wo die der Teufel holt, und wo dann wieder neue zu bekommen sind!“

Die Stimme, womit diese Worte gesprochen wurden, klang so wüst und fremd, daß Hans Kirch sich unwillkürlich frug: Ist das dein Heinz, den der Kantor beim Amensingen immer in die erste Reihe stellte, oder ist es doch der Junge aus der Armenkate, der nur auf deinen Beutel spekuliert? Er wandte wieder seine Augen prüfend auf des andern Antlitz; die Narbe über Stirn und Auge flammte brandrot. „Wo hast du dir denn das geholt?“ sagte er, an seines Pastors Rede denkend. „Bist du mit Piraten im Gefecht gewesen?“

Ein desperates Lachen fuhr aus des Jüngeren Munde. „Piraten?“ rief er. „Glaubt nur, Hans Kirch, es sind auch dabei brave Kerle! Aber laßt das; das Gespinst ist gar zu lang, mit wem ich all zusammen war!“

Der Alte sah ihn mit erschrockenen Augen an. „Was sagst du?“ frug er so leise, als ob es niemand hören dürfe.

Aber bevor eine Antwort darauf erfolgen konnte, wurden schwerfällige Schritte draußen auf der Treppe laut; die Tür öffnete sich, und von Frau Lina geführt trat Tante Jule in das Zimmer. Während sie pustend und mit beiden Händen sich auf ihren Krückstock lehnend stehenblieb, war Heinz an ihr vorüber schweigend aus der Tür gegangen.

„Ist er fort?“ sagte sie, mit ihrem Stocke hinter ihm herweisend.

„Wer soll fort sein?“ frug Hans Kirch und sah die Schwester nicht eben allzu freundlich an.

„Wer? Nun, den du seit vierzehn Tagen hier in Kost genommen.“

„Was willst du wieder, Jule? Du pflegst mir sonst nicht so ins Haus zu fallen."

„Ja, ja, Hans", und sie winkte der jungen Frau, ihr einen Stuhl zu bringen, und setzte sich darauf; „du hast's auch nicht um mich verdient; aber ich bin nicht so, Hans; ich will dir Abbitte tun; ich will bekennen, der Fritze Reimers mag doch wohl gelogen haben, oder wenn nicht er, so doch der andre!"

„Was soll die Rederei?" sagte Hans Kirch, und es klang, als ob er müde wäre.

„Was es soll? Du sollst dich nicht betrügen lassen! Du meinst, du hast nun deinen Vogel wieder eingefangen; aber sieh nur zu, ob's auch der rechte ist!"

„Kommst du auch mit dem Geschwätz? Warum sollt's denn nicht der rechte sein?" Er sprach das unwirsch, aber doch, als ob es zu hören ihn verlange.

Frau Jule hatte sich in Positur gesetzt. „Warum, Hans? Als er am Mittwochvormittag mit der Lina bei mir saß – wir waren schon bei der dritten Tasse Kaffee, und noch nicht einmal hatte er Tante zu mir gesagt! – ›Warum‹, frug ich, ›nennst du mich denn gar nicht Tante?‹ – ›Ja, Tante‹, sagte er, ›du hast ja noch allein gesprochen!‹

Und, siehst du, Hans, das war beim erstenmal denn schon gelogen; denn das soll mir keiner nachsagen; ich lasse jedermann zu Worte kommen! Und als ich ihn dann nahe zu mir zog und mit der Hand und mit meinen elenden Augen auf seinem Gesicht herumfühlte – nun, Hans, die Nase kann doch nicht von Ost nach West gewachsen sein!“

Der Bruder saß mit gesenktem Kopf ihr gegenüber; er hatte nie darauf geachtet, wie seinem Heinz die Nase im Gesicht gestanden hatte. „Aber“, sagte er – denn das Gespräch von vorhin flog ihm durch den Kopf; doch schienen ihm die Worte schwer zu werden – „sein Brief von damals; wir redeten darüber; er hat ihn in San Jago selbst zurückerhalten!“

Die dicke Frau lachte, daß der Stock ihr aus den Händen fiel. „Die Briefgeschichte, Hans! Ja, die ist seit den vierzehn Tagen reichlich wieder aufgewärmt worden; davon konnte er für einen Drilling bei jedem Bettelkinde einen Suppenlöffel voll bekommen! Und er mußte dir doch auch erzählen, weshalb der echte Heinz denn all die Jahre draußen blieb. Laß dich nicht nasführen Hans! Warum denn hat er nicht mit dir wollen, als und ihn von Hamburg holtest? War's denn so schlimm, wieder einmal an die volle Krippe und ins warme

Nest zu kommen? – Ich will's dir sagen; das ist's: er hat sich so geschwind nicht zu dem Schelmenwagstück resolvieren können!“

Hans Adam hatte seinen grauen Kopf erhoben, aber er sprach nicht dazwischen; fast begierig horchte er auf alles, was die Schwester vorbrachte.

„Und dann“, fuhr diese fort, „die Lina hat davon erzählt;“ – – aber plötzlich stand sie auf und fühlte mit ihrer Krücke, die Lina ihr dienstfertig aufgehoben hatte, nach dem Fenster hin; von draußen hörte man zwei Männerstimmen in lebhafter Unterhaltung. „O Lina“, sagte Tante Jule; „ich hör's, der eine ist der Justizrat, lauf doch und bitte ihn, ein paar Augenblicke hier heraufzukommen!“

Der Justizrat war der alte Physikus; bei dem früheren Mangel passender Alterstitel hierzulande waren alle älteren Physici Justizräte.

Hans Kirch wußte nicht, was seine Schwester mit diesem vorhatte; aber er wartete geduldig, und bald auch trat der alte Herr mit der jungen Frau ins Zimmer. „Ei, ei“, rief er, „Tante Jule und Herr Kirch beisammen? Wo ist denn nun der Patient?“

„Der da“, sagte Tante Jule und wies auf ihren Bruder; „er hat den Star auf beiden Augen!“

Der Justizrat lachte. „Sie scherzen, liebe Madame; ich wollte ich hätte selbst nur noch die scharfen Augen unsers Freundes."

„Mach fort, Jule", sagte Hans Kirch; „was gehst du lange um den Brei herum!"

Die dicke Frau ließ sich indes nicht stören. „Es ist nur so sinnbildlich, mein Herr Justizrat", erklärte sie mit Nachdruck. „Aber besinnen Sie sich einmal darauf, wie Sie vor so ein zwanzig Jahren hier auch ins Haus geholt wurden; die Lina, die große Frau jetzt, schrie damals ein Zetermordio durchs Haus; denn ihr Bruder Heinz hatte sich nach Jungensart einen schönen Anker auf den Unterarm geätzt und sich dabei weidlich zugerichtet."

Hans Kirch fuhr mit seinem Kopf herum; denn die ihm derzeit unbeachtet vorübergegangene Unterhaltung bei der ersten Abendmahlzeit kam ihm plötzlich, und jetzt laut und deutlich, wieder.

Aber der alte Doktor wiegte das Haupt. „Ich besinne mich nicht; ich hatte in meinem Leben so viele Jungen unter den Händen."

„Nun so, mein Herr Justizrat", sagte Tante Jule; „aber Sie kennen doch dergleichen Jungensstreiche hier bei uns; es fragt sich nur, und das möchten wir von Ihnen wissen, ob denn in zwanzig Jahren solche in Anker ohne Spur verschwinden könne?“

„In zwanzig Jahren?“ erwiderte jetzt der Justizrat ohne Zögern; „ei, das kann gar leicht geschehen!“

Aber Hans Kirch mischte sich ins Gespräch: „Sie denken, wie sie's jetzt machen, Doktor, so mit blauer Tusche; nein, der Junge war damals nach der alten gründlichen Manier ans Werk gegangen; tüchtige Nadelstiche und dann mit Pulver eingebrannt.“

Der alte Arzt rieb sich die Stirn. „Ja, ja; ich entsinne mich auch jetzt. Hm! – Nein, das dürfte wohl unmöglich sein; das geht bis auf die cutis; der alte Hinrich Jakobs läuft noch heut mit seinem Anker.“

Tante Jule nickte beifällig; Frau Lina stand, die Hand an der Stuhllehne, blaß und zitternd neben ihr.

„Aber“, sagte Hans Kirch, und auch bei ihm schlich sich die Stimme nur wie mit Zagen aus der Kehle, „sollte es nicht Krankheiten geben? Da drüben in den heißen Ländern?“

Der Arzt bedachte sich eine Weile und schüttelte dann sehr bestimmt den Kopf. „Nein, nein; das ist nicht anzunehmen; es müßten denn die Blattern ihm den Arm zerrissen haben.“

Eine Pause entstand, während Frau Jule ihre gestrickten Handschuhe anzog. „Nun, Hans“, sagte sie dann; „ich muß nach Haus; aber du hast nun die Wahl: den Anker oder die Blatternarben! Was hat dein neuer Heinz denn aufzuweisen? Die Lina hat nichts von beiden sehen können; nun sieh du selber zu, wenn deine Augen noch gesund sind!“

– – Bald danach ging Hans Kirch die Straße hinauf nach seinem Speicher; er hatte die Hände über dem Rücken gefaltet, der Kopf hing ihm noch tiefer als gewöhnlich auf die Brust. Auch Frau Lina hatte das Haus verlassen und war dem Vater nachgegangen; als sie in den unteren dämmerhellen Raum des Speichers trat, sah sie ihn in der Mitte desselben stehen, als müsse er sich erst besinnen, weshalb er denn hierhergegangen sei. Bei dem Geräusche des Kornumschaufelns, das von den oberen Böden herabscholl, mochte er den Eintritt der Tochter überhört haben; denn er stieß sie fast zurück, als er sie jetzt so plötzlich vor sich sah: „Du, Lina! Was hast du hier zu suchen?“

Die junge Frau zitterte und wischte sich das Gesicht mit ihrem Tuche. „Nichts, Vater“, sagte sie; „aber Christian ist unten am Hafen, und da litt es mich nicht so allein zu Hause mit ihm – mit dem fremden Menschen! Ich fürchte mich; oh, es ist schrecklich, Vater!"

Hans Kirch hatte während dieser Worte wieder seinen Kopf gesenkt; jetzt hob er wie aus einem Abgrunde seine Augen zu denen seiner Tochter und blickte sie lange und unbeweglich an. „Ja, ja, Lina", sagte er dann hastig; „Gott Dank, daß es ein Fremder ist!"

Hierauf wandte er sich rasch, und die Tochter hörte, wie er die Treppen zu dem obersten Bodenraum hinaufstieg.

Ein trüber Abend war auf diesen Tag gefolgt; kein Stern war sichtbar; feuchte Dünste lagerten auf der See. Im Hafen war es ungewöhnlich voll von Schiffen, meist Jachten und Schoner; aber auch ein paar Vollschiffe waren dabei und außerdem der Dampfer, welcher wöchentlich hier anzulegen pflegte. Alles lag schon in tiefer Ruhe, und auch auf dem Hafenplatz am Bollwerk entlang schlenderte nur ein einzelner Mann: wie es den Anschein hatte, müßig und ohne eine bestimmte Absicht. Jetzt blieb er vor dem einen der beiden Barkschiffe stehen, auf dessen Deck ein Junge sich noch am Gangspill zu schaffen machte; er rief einen „Guten Abend" hinüber und fragte, wie halb gedankenlos, nach Namen und Ladung des Schiffes. Als ersterer genannt wurde, tauchte ein Kopf aus der

Kajüte, schien eine Weile den am Ufer Stehenden zu mustern, spie dann weit hinaus ins Wasser und tauchte wieder unter Deck. Schiff und Schiffer waren nicht von hier; der am Ufer schlenderte weiter; vom Warder drüben kam dann und wann ein Vogelschrei; von der Insel her drang nur ein schwacher Schein von den Leuchtfeuern durch den Nebel. Als er an die Stelle kam, wieder die Häuserreihe näher an das Wasser tritt, schlug von daher ein Gewirr von Stimmen an sein Ihr und veranlaßte ihn, stillzustehen. Von einem der Häuser fiel ein roter Schein in die Nacht hinaus; er erkannte es wohl, wenngleich sein Fuß die Schwelle dort noch nicht überschritten hatte; das Licht kam aus der Laterne der Hafenschenke. Das Haus war nicht wohl beleumdet; nur fremde Matrosen und etwa die Söhne von Setzschiffern verkehrten dort; er hatte das alles schon gehört. – Und jetzt erhob das Lärmen sich von neuem, nur daß auch eine Frauenstimme nun dazwischen kreischte. – Ein finsteres Lachen fuhr über das Antlitz des Mannes; beim Schein der roten Laterne und den wilden Lauten hinter den verhangenen Fenstern mochte allerlei in seiner Erinnerung aufwachen, was nicht guttut, wenn es wiederkommt. Dennoch schritt er darauf zu, und als er eben von der Stadt her die Bürgerglocke läuten hörte, trat er in die niedrige, aber geräumige Schenkstube.

An einem langen Tische saß eine Anzahl alter und junger Seeleute; ein Teil derselben, zu denen sich der Wirt gesellt zu haben schien, spielte mit beschmutzten Karten; ein Frauenzimmer, über die Jugendblüte hinaus, mit blassem, verwachtem Antlitz, dem ein Zug des Leidens um den noch immer hübschen Mund nicht fehlte, trat mit einer Anzahl dampfender Gläser herein und verteilte sie schweigend an die Gäste. Als sie an den Platz eines Mannes kam, dessen kleine Augen begehrlich aus dem grobknochigen Angesicht hervorspielten, schob sie das Glas mit augenscheinlicher Hast vor ihn hin; aber der Mensch lachte und suchte sie an ihren Röcken festzuhalten: „Nun, Ma'am, habt Ihr Euch noch immer nicht besonnen? Ich bin ein höflicher Mann, versichere Euch! Aber ich kenne die Weibergeographie: Schwarz oder Weiß, ist alles eine Sorte!“

„Laßt mich“, sagte das Weib; „bezahlt Euer Glas und laßt mich gehen!“

Aber der andre war nicht ihrer Meinung; er ergriff sie und zog sie jäh zu sich heran, daß das vor ihm stehende Glas umstürzte und der Inhalt sie beide überströmte. „Sieh nur, schöne Missis!“ rief er, ohne darauf zu achten, und winkte mit seinem rothaarigen Kopfe nach einem ihm gegenübersitzenden Burschen, dessen flachsblondes Haar auf ein bleiches, vom Trunke gedunsenes Antlitz herabfiel; „sieh nur, der Jochum mit seinem greisen Kalbsgesicht hat nichts dagegen einzuwenden! Trink aus, Jochum, ich zahle dir ein neues!"

Der Mensch, zu dem er gesprochen hatte, goß mit blödem Schmunzeln sein Glas auf einen Zug hinunter und schob es dann zu neuem Füllen vor sich hin.

Einen Augenblick ruhten die Hände des Weibes, mit denen sie sich aus der gewaltsamen Umarmung zu lösen versucht hatte; ihre Blicke fielen auf den bleichen Trunkenbold, und es war, als wenn Abscheu und Verachtung sie eine Weile alles andre vergessen ließen.

Aber ihr Peiniger zog sie nur fester an sich: „Siehst du, schöne Frau! Ich dächte doch, der Tausch wäre nicht so übel! Aber, der ist's am Ende gar nicht! Nimm dich in acht, daß ich nicht aus der Schule schwatze!" Und da sie wiederum sich sträubte, nickte er einem hübschen, braunlockigen Jüngling zu, der am unteren Ende des Tisches saß. „Heinz, du Gründling", rief er, „meinst du, ich weiß nicht, wer gestern zwei Stunden nach uns aus der roten Laterne unter Deck gekrochen ist?"

Die hellen Flammen schlugen dem armen Weibe ins Gesicht; sie wehrte sich nicht mehr, sie sah nur hilfesuchend um sich. Aber es rührte sich keine Hand; der junge hübsche Bursche schmunzelte nur und sah vor sich in sein Glas.

Aus einer unbesetzten Ecke des Zimmers hatte bisher der zuletzt erschienene Gast dem allem mit gleichgültigen Augen zugesehen; und wenn er jetzt die Faust erhob und dröhnend vor sich auf die Tischplatte schlug, so schien auch dies nur mehr wie aus früherer Gewohnheit, bei solchem Anlaß nicht den bloßen Zuschauer abzugeben. „Auch mir ein Glas!“ rief er, und es klang fast, als ob er Händel suche.

Drüben war alles von den Sitzen aufgesprungen. „Wer ist das? Der will wohl unser Bowiemesser schmecken? Werft ihn hinaus! Goddam, was will der Kerl?“

„Nur auch ein Glas!“ sagte der andre ruhig. „Laßt euch nicht stören! Haben, denk ich, hier wohl alle Platz!“

Die drüben waren endlich doch auch dieser Meinung und blieben an ihrem Tische; aber das Frauenzimmer hatte dabei Gelegenheit gefunden, sich zu befreien, und trat jetzt an den Tisch des neuen Gastes. „Was soll es sein?“ frug sie höflich; aber als er ihr Bescheid gab, schien sie es kaum zu hören; er sah verwundert, wie ihre Augen starrt und doch wie abwesend auf ihn gerichtet waren und wie sie noch immer vor ihm stehenblieb.

„Kennen Sie mich?“ sagte er und warf mit rascher Bewegung seinen Kopf zurück, so daß der Schein der Deckenlampe auf sein Antlitz fiel.

Das Weib tat einen tiefen Atemzug, und die Gläser, die sie in der Hand hielt, schlugen hörbar aneinander: „Verzeihen Sie“, sagte sie ängstlich; „Sie sollen gleich bedient werden.“

Er blickte ihr nach, wie sie durch eine Seitentür hinausging; der Ton der wenigen Worte, welche sie zu ihm gesprochen, war ein so andrer gewesen, als den er vorhin von ihr gehört hatte; langsam hob er den Arm und stützte seinen Kopf darauf; es war, als ob er mit allen Sinnen in eine weite Ferne denke. Es hätte ihm endlich auffallen müssen, daß seine Bestellung noch immer nicht ausgeführt sei; aber er dachte nicht daran. Plötzlich, während am andern Tisch die Karten mit den Würfeln wechselten, erhob er sich. Wäre die Aufmerksamkeit der übrigen Gäste auf ihn statt auf das neue Spiel gerichtet gewesen, er wäre sicher ihrem Hohne nicht entgangen;

denn der hohe kräftige Mann zitterte sichtbar, als er jetzt mit auf den Tisch gestemmten Händen dastand.

Aber es war nur für einige Augenblicke; dann verließ er das Zimmer durch dieselbe Tür, durch welche vorhin die Aufwärterin hinausgegangen war. Ein dunkler Gang führte ihn in eine große Küche, welche durch eine an der Wand hängende Lampe kaum erhellt wurde. Hastig war er eingetreten; seine raschen Augen durchflogen den vor ihm liegenden wüsten Raum; und dort stand sie, die er suchte; wie unmächtig, die leeren Gläser noch in den zusammengefalteten Händen, lehnte sie gegen die Herdmauer. Einen Augenblick noch, dann trat er zu ihr. „Wieb!“ rief er; „Wiebchen, kleines Wiebchen!“

Es war eine rauhe Männerstimme, die diese Worte rief und jetzt verstummte, als habe sie allen Odem an sie hingegeben.

Und doch, über das verblühte Antlitz des Weibes flog es wie ein Rosenschimmer, und während zugleich die Gläser klirrend auf den Boden fielen, entstieg ein Aufschrei ihrer Brust; wer hätte sagen mögen, ob es Leid, ob Freude war. „Heinz!“ rief sie; „Heinz, du bist es; oh, sie sagten, du seist es nicht.“

Ein finstres Lächeln zuckte um den Mund des Mannes: „Ja, Wieb; ich wußt's wohl schon vorher; ich hätte nicht mehr kommen sollen. Auch dich – das alles war ja längst vorbei – ich wollte dich nicht wiedersehen, nichts von dir hören, Wieb; ich biß die Zähne aufeinander, wenn dein Name nur darüberwollte. Aber – gestern abend – es war wieder einmal Jahrmarkt drüben – wie als Junge hab' ich mir ein Boot gestohlen; ich mußte, es ging nicht anders; vor jeder Bude, auf allen Tanzböden hab' ich dich gesucht; ich war ein Narr, ich dachte, die alte Möddersch lebe noch; o süße kleine Wieb, ich dachte wohl nur an dich; ich wußte selbst nicht, was ich dachte!" Seine Stimme bebte, seine Arme streckten sich weit geöffnet ihr entgegen.

Aber sie warf sich nicht hinein; nur ihre Augen blickten traurig auf ihn hin: „O Heinz!" rief sie; „du bist es! Aber ich, ich bin's nicht mehr! – Du bist zu spät gekommen, Heinz!"

Da riß er sie an sich und ließ sie wieder los und streckte beide Arme hoch empor: „Ja, Wieb, das sind auch nicht mehr die unschuldigen Hände, womit ich damals dir die roten Äpfel stahl; by Jove, das schleißt, so siebzehn Jahre unter diesem Volk!"

Sie war neben dem Herde auf die Knie gesunken: „Heinz“, murmelte sie, „o Heinz, die alte Zeit!“

Wie verlegen stand er neben ihr; dann aber bückte er sich und ergriff die eine ihrer Hände, und sie duldete es still.

„Wieb“, sagte er leise, „wir wollen sehen, daß wir uns wiederfinden, du und ich!“

Sie sagte nichts; aber er fühlte eine Bewegung ihrer Hand, als ob sie schmerzlich in der seinen zucke.

Von der Schenkstube her erscholl ein wüstes Durcheinander; Gläser klirrten, mitunter dröhnte ein Faustschlag. „Kleine Wieb“, flüsterte er wieder, „wollen wir weit von all den bösen Menschen fort?“

Sie hatte den Kopf auf den steinernen Herd sinken lassen und stöhnte schmerzlich. Da wurden schlurfende Schritte in dem Gange hörbar, und als Heinz sich wandte, stand ein Betrunkener in der Tür; es war derselbe Mensch mit dem schlaffen gemeinen Antlitz, den er vorhin unter den andern Schiffern schon bemerkt hatte. Er hielt sich an dem Türpfosten, und seine Augen schienen, ohne zu sehen, in dem dämmerigen Raum umherzustarren. „Wo bleibt der Grog?“

stammelte er. „Sechs neue Gläser. Der rote Jakob flucht nach seinem Grog!“

Der Trunkene hatte sich wieder entfernt; sie hörten die Tür der Schenkstube hinter ihm zufallen.

„Wer war das?“ frug Heinz.

Wieb erhob sich mühsam. „Mein Mann“, sagte sie; „er fährt als Matrose auf England; ich diene bei meinem Stiefvater hier als Schenkmagd.“

Heinz sagte nichts darauf; aber seine Hand fuhr nach der behaarten Brust, und es war, als ob er gewaltsam etwas von seinem Nacken reiße. „Siehst du“, sagte er tonlos und hielt einen kleinen Ring empor, von dem die Enden einer zerrissenen Schnur herabhingen, „da ist auch noch das Kinderspiel! Wär's Gold gewesen, er wär so lang wohl nicht bei mir geblieben. Aber sonst – ich weiß nicht, war's um dich? Es war wohl nur ein Aberglaube, weil's doch noch das letzte Stück von Hause war.“

Wieb stand ihm gegenüber, und er sah, wie ihre Lippen sich bewegten.

„Was sagst du?“ frug er.

Aber sie antwortete nicht; es war nur, als flehten ihre Augen um Erbarmen. Dann wandte sie sich und machte sich daran, wie es ihr befohlen war, den heißen Trank zu mischen. Nur einmal stockte sie in ihrer Arbeit, als ein feiner Metallklang auf dem steinernen Fußboden ihr Ohr getroffen hatte. Aber sie wußte es, sie brachte nicht erst umzusehen; was sollte er denn jetzt noch mit dem Ringe!

Heinz hatte sich auf einen hölzernen Stuhl gesetzt und sah schweigend zu ihr hinüber; sie hatte das Feuer geschürt, und die Flammen lohten und warfen über beide einen roten Schein. Als sie fortgegangen war, saß er noch da; endlich sprang er auf und trat in den Gang, der nach der Schenkstube führte. „Ein Glas Grog; aber ein festes!“ rief er, als Wieb ihm von dort her aus der Tür entgegenkam; dann setzte er sich wieder allein an seinen Tisch. Bald darauf kam Wieb und stellte das Glas vor ihn hin, und noch einmal sah er zu ihr auf; „Wieb, kleines Wiebchen!“ murmelte er, als sie fortgegangen war; dann trank er, und als das Glas leer war, rief er nach einem neuen, und als sie es schweigend brachte, ließ er es, ohne aufzusehen, vor sich hinstellen.

Am andern Tische lärmten sie und kümmerten sich nicht mehr um den einsamen Gast; eine Stunde der Nacht schlug nach der andern, ein Glas nach dem andern trank er; nur wie durch einen Nebel sah er mitunter das arme schöne Antlitz des ihm verlorenen Weibes, bis er endlich dennoch nach den andern fortging und dann spät am Vormittag mit wüstem Kopf in seinem Bett erwachte.

In der Kirchschen Familie war es schon kein Geheimnis mehr, in welchem Hause Heinz diesmal seine Nacht verbracht hatte. Das Mittagsmahl war, wie am gestrigen Tage, schweigend eingenommen; jetzt am Nachmittage saß Hans Adam Kirch in seinem Kontor und rechnete. Zwar lag unter den Schiffen im Hafen auch das seine, und die Kohlen, die es von England gebracht hatte, wurden heut gelöscht, wobei Hans Adam niemals sonst zu fehlen pflegte; aber diesmal hatte er seinen Tochtermann geschickt; er hatte Wichtigeres zu tun: er rechnete, er summierte und subtrahierte, er wollte wissen, was ihn dieser Sohn, den er sich so unbedacht zurückgeholt hatte, oder – wenn es nicht sein Sohn war – dieser Mensch noch kosten dürfe. Mit rascher Hand tauchte er seine Feder ein und schrieb seine Zahlen nieder; Sohn oder nicht, das stand ihm fest, es mußte jetzt ein Ende haben. Aber freilich – und seine Feder stockte einen Augenblick –, um weniges würde er ja schwerlich gehen; und – wenn es dennoch Heinz wäre, den Sohn durfte er mit wenigem nicht gehen heißen. Er hatte sogar daran gedacht, ihm ein für allemal das Pflichtteil seines Erbes auszuzahlen; aber die gerichtliche Quittung, wie war die zu beschaffen? Denn sicher mußte es doch gemacht werden, damit er nicht noch einmal wiederkomme. Er warf die Feder hin, und der Laut, der an den Zähnen ihm verstummte, klang beinahe wie ein Lachen: es war ja aber nicht sein Heinz! Der Justizrat, der verstand es doch; und der alte Hinrich Jakobs trug seinen Anker noch mit seinen achtzig Jahren!

Hans Kirch streckte die Hand nach einer neben ihm liegenden Ledertasche aus; langsam öffnete er sie und nahm eine Anzahl Kassenscheine von geringem Werte aus derselben. Nachdem er sie vor sich ausgebreitet und dann einen Teil und nach einigem Zögern noch einen Teil davon in die Ledertasche zurückgelegt hatte, steckte er die übrigen in ein bereit gehaltenes Kuvert; er hatte genau die mäßige Summe abgewogen.

Er war nun fertig; aber noch immer saß er da, mit herabhängendem Unterkiefer, die müßigen Hände an den Tisch geklammert. Plötzlich fuhr er auf, seine grauen Augen öffneten sich weit: „Hans! Hans!“ hatte es gerufen; hier im leeren Zimmer, wo, wie er jetzt bemerkte, schon die Dämmerung in allen Winkeln lag. Aber er besann sich; nur seine eignen Gedanken waren über ihn gekommen; es war nicht jetzt, es war schon viele Jahre her, daß ihn diese Stimme so gerufen hatte. Und dennoch, als ob er widerwillig einem außer sich Gehorsam leiste, öffneten seine Hände noch einmal die Ledertasche und nahmen zögernd eine Anzahl großer Kassenscheine aus derselben. Aber mit jedem einzelnen, den Hans Adam jetzt der vorher bemessenen kleinen Summe zugesellte, stieg sein Groll gegen den, der dafür Heimat und Vaterhaus an ihn verkaufen sollte; denn was zum Ausbau langgehegter Lebenspläne hatte dienen sollen, das mußte er jetzt hinwerfen, nur um die letzten Trümmer davon wegzuräumen.

– – Als Heinz etwa eine Stunde später, von einem Gange durch die Stadt zurückkehrend, die Treppe nach dem Oberhaus hinaufging, trat gleichzeitig Hans Adam unten aus seiner Zimmertür und folgte ihm so hastig, daß beide fast miteinander in des Sohnes Kammer traten. Die Magd, welche oben auf dem Vorplatz arbeitete, ließ bald beide Hände ruhen; sie wußte es ja wohl, daß zwischen Sohn und Vater nicht alles in Ordnung war, und drinnen hinter der geschlossenen Tür schien es jetzt zu einem heftigen Gespräch zu kommen. – Aber nein, sie hatte sich getäuscht, es war nur immer die alte Stimme, die sie hörte; und immer lauter und drohender klang es, obgleich von der andern Seite keine Antwort darauf erfolgte; aber vergebens strengte sie sich an, von dem Inhalte etwas zu verstehen; sie hörte drinnen den offenen Fensterflügel im Winde klappern und ihr war, als würden die noch immer heftiger hervorbrechenden Worte dort in die dunkle Nacht hinaus geredet. Dann endlich wurde es still; aber zugleich sprang die Magd, von der aufgestoßenen Kammertür getroffen, mit einem Schrei zur Seite und sah ihren gefürchteten Herrn mit wirrem Haar und wild blickenden Augen die Treppe hinabstolpern, und hörte, wie die Kontortür aufgerissen und wieder zugeschlagen wurde.

Bald danach trat auch Heinz aus seiner Kammer; als er unten im Flut der Schwester begegnete, ergriff er fast gewaltsam ihre beiden Hände und drückte sie so heftig, daß sie verwundert zu ihm aufblickte; als sie aber zu ihm sprechen wollte, war er schon draußen auf der Gasse. Er kam auch nicht zur Abendmahlzeit; aber als die Bürgerglocke läutete, stieg er die Treppe wieder hinauf und ging in seine Kammer.

– – Am andern Morgen in der Frühe stand Heinz vollständig angekleidet droben vor dem offenen Fenster; die scharfe Luft strich über ihn hin, aber es schien ihm wohlzutun; fast mit Andacht schaute er auf alles, was, wie noch im letzten Hauch der Nacht, dort unten vor ihm ausgebreitet lag. Wie bleicher Strahl glänzte die breitere Wasserstraße zwischen dem Warder und der Insel drüben, während auf dem schmaleren Streifen zwischen jenem und dem Festlandsufer schon der bläulichrote Frühschein spielte. Heinz betrachtete das alles; doch nicht lange stand er so; bald trat er an einen Tisch, auf welchem das Kuvert mit den so widerwillig abgezählten Kassenscheinen noch an derselben Stelle lag, wo es Hans Kirch am Abende vorher gelassen hatte.

Ein bitteres Lächeln umflog seinen Mund, während er den Inhalt hervorzog und dann, nachdem er einige der geringeren Scheine an sich genommen hatte, das übrige wieder an seine Stelle brachte. Mit einem Bleistift, den er auf dem Tische fand, notierte er die kleine Summe, welche er herausgenommen hatte, unter der größeren, die auf dem Kuvert verzeichnet stand; dann, als er ihn schon fortgelegt hatte, nahm er noch einmal den Stift und schrieb darunter: „ Thanks for the alms and farewell for ever." Er wußte selbst nicht, warum er das nicht auf deutsch geschrieben hatte.

Leise, um das schlafende Haus nicht zu wecken, nahm er sein Reisegepäck vom Boden; noch leiser schloß er unten im Flut die Tür zur Straße auf, als er jetzt das Haus verließ.

In einer Nebengasse hielt ein junger Bursche mit einem einspännigen Gefährte; das bestieg er und fuhr damit zur Stadt hinaus. Als sie auf die Höhe des Hügelzuges gelangt waren, von wo aus man diese zum letzten Male erblicken kann, wandte er sich um und schwenkte dreimal seine Mütze. Dann ging's im Trabe in das weite Land hinaus.

Aber einer im Kirchschen Hause war dennoch mit ihm wach gewesen. Hans Kirch hatte schon vor dem Morgengrauen aufrecht in seinem Bett gesessen; mit jedem Schlage der Turmuhr hatte er schärfer hingehorcht, ob nicht ein erstes Regen im Oberhause hörbar werde. Nach langem Harren war ihm gewesen, als würde dort ein Fensterflügel aufgestoßen; aber es war wieder still geworden, und die Minuten dehnten sich und wollten nicht vorüber. Sie gingen dennoch; und endlich vernahm er das leise Knarren einer Tür, es kam die Treppe in den Flur hinab, und jetzt – er hörte es deutlich, wie der Schlüssel in dem Schloß der Haustür drehte. Er wollte aufspringen; aber nein, er wollte es ja nicht; mit aufgestemmten Armen blieb er sitzen, während nun draußen auf der Straße kräftige Mannestritte laut wurden und nach und nach in unhörbare Ferne sich verloren.

Als das übrige Haus allmählich in Bewegung kam, stand er auf und setzte sich zu seinem Frühstück, das ihm, wie jeden Morgen, im Kontor bereitgestellt war. Dann griff er nach seinem Hute – einen Stock hatte er als alter Schiffer bis jetzt noch nicht gebraucht – und ging, ohne seine Hausgenossen gesehen zu haben, an den Hafen hinab, wo er seinen Schwiegersohn bereits mit der Leitung des Löschens beschäftigt fand. Diesem von den letzten Vorgängen etwas mitzuteilen, schien er nicht für nötig zu befinden; aber er sandte ihn nach dem Kohlenschuppen und gab ihm Aufträge in die Stadt, während er selber hier am Platze blieb. Wortkarg und zornig erteilte er seine Befehle; es hielt schwer, ihm heute etwas recht zu machen, und wer ihn ansprach, erhielt meist keine Antwort; aber es geschah auch bald nicht mehr, man kannte ihn ja schon.

Kurz vor Mittag war er wieder in seinem Zimmer. Wie aus unwillkürlichem Antrieb hatte er hinter sich die Tür verschlossen; aber er saß kaum in seinem Lehnstuhl, als von draußen Frau Linas

Stimme dringend Einlaß begehrte. Unwirsch stand er auf und öffnete. „Was willst du?“ frug er, als die Tochter zu ihm eingetreten war.

„Schelte mich nicht, Vater“, sagte sie bittend; „aber Heinz ist fort, auch sein Gepäck; oh, er kommt niemals wieder!“

Er wandte den Kopf zur Seite: „Ich weiß das, Lina; darum hättst du dir die Augen nicht dick zu weinen brauchen.“

„Du weißt es, Vater?“ wiederholte sie und sah ihn wie versteinert an.

Hans Kirch fuhr zornig auf: „Was stehst du noch? Die Komödie ist vorbei; wir haben gestern miteinander abgerechnet.“

Aber Frau Lina schüttelte nur ernst den Kopf. „Das fand ich oben auf seiner Kammer“, sagte sie und reichte ihm das Kuvert mit den kurzen Abschiedsworten und dem nur kaum verkürzten Inhalt. „O Vater, er war es doch! Er ist es doch gewesen!“

Hans Kirch nahm es; er las auch, was dort geschrieben stand; er wollte ruhig bleiben, aber seine Hände zitterten, daß aus der offenen Hülle die Scheine auf den Fußboden hinabfielen.

Als er sie eben mit Linas Hilfe wieder zusammengerafft hatte, wurde an die Tür gepocht, und ohne die Aufforderung dazu abzuwarten, war eine blasse Frau hereingetreten, deren erregte Augen ängstlich von dem Vater zu der Tochter flohen.

„Wieb!“ rief Frau Lina und trat einen Schritt zurück.

Wieb rang nach Atem. „Verzeihung!“ murmelte sie. „Ich mußte; Ihr Heinz ist fort; Sie wissen es vielleicht nicht; aber der Fuhrmann sagte es, er wird nicht wiederkommen, niemals!“

„Was geht das dich an!“ fiel ihr Hans Kirch ins Wort.

Ein Laut des Schmerzes stieg aus ihrer Brust, daß Linas Augen unwillkürlich voll Mitleid auf diesem einst so holden Antlitz ruhten. Aber Wieb hatte dadurch wieder Mut gewonnen. „Hören Sie mich!“ rief sie. „Aus Barmherzigkeit mit Ihrem eignen Kinde! Sie meinen, er sei es nicht gewesen; aber ich weiß es, daß es niemand anders war! Das“, und sie zog die Schnur mit dem kleinen Ringe aus ihrer Tasche, „es ist ja einerlei nun, ob ich's sage – das gab ich ihm, da wir noch halbe Kinder waren; denn ich wollte, daß er mich nicht vergesse! Er hat's auch wieder heimgebracht und hat es gestern vor meinen Augen in den Staub geworfen.“

Ein Lachen, das wie Hohn klang, unterbrach sie. Hans Kirch sah sie mit starren Augen an: „Nun, Wieb, wenn's denn dein Heinz gewesen ist, es ist nicht viel geworden aus euch beiden.“

Aber sie achtete nicht darauf, sie hatte sich vor ihm hingeworfen. „Hans Kirch!“ rief sie und faßte beide Hände des alten Mannes und schüttelte sie. „Ihr Heinz, hören Sie es nicht? Er geht ins Elend, er kommt niemals wieder! Vielleicht – o Gott, sei barmherzig mit uns allen! Es ist noch Zeit vielleicht!“

Auch Lina hatte sich jetzt neben sie geworfen; sie scheute es nicht mehr, sich mit dem armen Weibe zu vereinigen. „Vater“, sagte sei und streichelte die eingesunkenen Wangen des harten Mannes, der jetzt dies alles über sich ergehen ließ, „du sollst diesmal nicht allein reisen, ich reise mit dir; er maß ja jetzt in Hamburg sein; oh, ich will nicht ruhen, bis ich ihn gefunden habe, bis wir ihn wieder hier in unsern Armen halten! Dann wollen wir es besser machen, wir wollen Geduld mit ihm haben; oh, wir hatte sie nicht, mein Vater! Und sag nur nicht, daß du nicht mit uns leidest, dein bleiches Angesicht kann doch nicht lügen! Sprich nur ein Wort, Vater, befiehl mir, daß ich den Wagen herbestelle, ich will gleich selber laufen, wir haben ja keine Zeit mehr zu verlieren!“ Und sie warf den Kopf an ihres Vaters Brust und brach in lautes Schluchzen aus.

Wieb war aufgestanden und hatte sich bescheiden an die Tür gestellt; ihre Augen sahen angstvoll auf die beiden hin.

Aber Hans Kirch saß wie ein totes Bild; sein jahrelang angesammelter Groll ließ ihn nicht los; denn erst jetzt, nach diesem Wiedersehen mit dem Heimgekehrten, war in der grauen Zukunft keine Hoffnung mehr für ihn. „Geht!“ sagte er endlich, und seine Stimme klang so hart wir früher; „mag er geheißen haben, wie er will, der diesmal unter meinem Dach geschlafen hat; mein Heinz hat schon vor siebzehn Jahren mich verlassen.“

Für fremde Augen mochte es immerhin den Anschein haben, als ob Hans Kirch auch jetzt noch in gewohnter Weise seinen mancherlei Geschäften nachgehe; in Wirklichkeit aber hatte er das Steuer mehr und mehr in die Hand des jüngeren Teilhabers der Firma übergehen lassen; auch aus dem städtischen Kollegium war er, zur stillen Befriedigung einiger ruheliebender Mitglieder, seit kurzer Zeit geschieden; es drängte ihn nicht mehr, in den Gang der kleinen Welt, welche sich um ihn her bewegte, einzugreifen.

Seit wieder die ersten scharfen Frühlingslüfte wehten, konnte man ihn oft auf der Bank vor seinem Hause sitzen sehen, trotz seiner jetzt fast weißen Haare als alter Schiffer ohne jede Kopfbedeckung. – Eines Morgens kam ein noch weißerer Mann die Straße hier herab und setzte sich, nachdem er näher getreten war, ohne weiteres an seine Seite. Es war ein früherer Ökonom des Armenhauses, mit dem er als Stadtverordneter eines manches zu verhandeln gehabt hatte; der Mann war später in gleicher Stellung an einen andern Ort gekommen, jetzt aber zurückgekehrt, um hier in seiner Vaterstadt seinen Alterspfennig zu verzehren. Es schien ihn nicht zu stören, daß das Antlitz seines früheren Vorgesetzten ihn keineswegs willkommen hieß; er wollte ja nur plaudern, und er tat es um so reichlicher, je weniger er unterbrochen wurde; und eben jetzt geriet er an einen Stoff, der unerschöpflicher als jeder andre schien. Hans Kirch hatte Unglück mit den Leuten, die noch weißer als er selber waren; wo sie von Heinz sprechen sollten, da sprachen sie von sich selber, und wo sie von allem andern sprechen konnten, da sprachen sie von Heinz. Er wurde unruhig und suchte mit schroffen Worten abzuwehren; aber der geschwätzige Greis schien nichts davon zu merken. „Ja, ja; ei du mein lieber Herrgott!“ fuhr er fort, behaglich in seinem Redestrome weiterschwimmend; „der Hasselfritze und der Heinz, wenn ich an die beiden Jungen denke, wie sie sich einmal die großen Anker an die Arme brannten! Ihr Heinz, ich hörte wohl, der mußte vor dem Doktor liegen; den Hasselfritze aber hab' ich selber mit dem Haselstock kuriert."

Er lachte ganz vergnüglich über sein munteres Wortspiel; Hans Kirch aber war plötzlich aufgestanden und sah mit offenem Munde gar grimmig auf ihn herab. „Wenn Er wieder schwatzen will, Fritz Peters", sagte er, „so suche Er sich eine andre Bank; da drüben bei dem jungen Doktor steht just eine hagelneue!"

Er war ins Haus gegangen und wanderte in seinem Zimmer hin und wider; immer tiefer sank sein Kopf zur Brust hinab, dann aber erhob er ihn allmählich wieder. Was hatte er denn eigentlich vorhin erfahren? Daß der Hasselfritze ebenfalls das Ankerzeichen hätte haben müssen? Was war's denn weiter? – Welchen Gast er von einem Sonntag bis zum andern oder ein paar Tage noch länger bei sich beherbergt hatte, darüber brauchte ihn kein andrer aufzuklären.

Und auch dieser Tag ging vorüber, und die dann kamen, nahmen ihren gleichmäßigen Verlauf. – Im Oberhause wurde ein Kind geboren; der Großvater frug, ob es ein Junge sei; es war ein

Mädchen, und er sprach dann nicht mehr darüber. Aber was hätte es ihm auch geholfen, wenn es ein künftiger Christian oder günstigenfalls ein Hans Martens gewesen wäre! Nur die Unruhe, die jetzt oft nächtens über seinem Kopfe in dem Schlafzimmer des jungen Paares herrschte, störte ihn.

Eines Abends, da es schon Herbst geworden – es jährte sich grade mit der Abreise seines Sohnes –, war Hans Kirch wie gewöhnlich mit dem Schlage zehn in seine nach der Hofseite belegene Schlafkammer getreten. Es war die Zeit der Äquinoktialstürme, und hier hinaus hörte man die ganze Gewalt des Wetters; bald heulte es in den obersten Luftschichten, bald fuhr es herab und tobte gegen die kleinen Fensterscheiben. Hans Kirch hatte seine silberne Taschenuhr hervorgezogen, um sie, wie jeden Abend, aufzuziehen; aber er stand noch immer mit dem Schlüssel in der Hand, hinaushorchend in die wilde Nacht.

Das Balken und Sparrenwerk des neuen Daches krachte, als ob es aus den Fugen solle; aber er hörte es nicht; seine Gedanken fuhren draußen mit dem Sturm. „Südsüdwest!“ murmelte er vor sich hin, während er den Uhrschlüssel in die Tasche steckte und die Uhr unaufgezogen über seinem Bette an den Haken hing. – Wer jetzt auf

See war, hatte keine Zeit zum Schlafen; aber er war ja seit lange nicht mehr auf See; er wollte schlafen, wie er es bei manchem Sturm hier schon getan hatte; die Stürme kamen ja allemal im Äquinoktium, er hatte sie so manches Mal gehört.

Aber es mußte heute noch etwas andres dabei sein; Stunden waren schon vergangen, und noch immer lag er wach in seinen Kissen. Ihm war, als könne er Hunderte von Meilen weit hinaushorchen nach einem klippenvollen Küstenwasser des Mittelländischen Meeres, das er in seiner Jugend als Matrose einst befahren hatte; und als endlich ihm die Augen zugefallen waren, riß er gleich darauf mit Gewalt sich wieder empor; denn ganz deutlich hatte er ein Schiff gesehen, ein Vollschiff mit gebrochenen Masten, das von turmhohen Wellen auf und ab geschleudert wurde. Er suchte sich völlig zu ermuntern, aber wieder drückte es ihm die Augen zu, und wiederum erkannte er das Schiff; deutlich sah er zwischen Bugspriet und Vordersteven die Gallion, eine weiße mächtige Fortuna, bald in der schäumenden Flut versinken, bald wieder stolz emportauchen, als ob sie Schiff und Mannschaft über Wasser halten wolle. Dann plötzlich hörte er einen Krach; er fuhr jäh empor und fand sich aufrecht in seinem Bette sitzend.

Alles um ihn her war still, er hörte nichts; er wollte sich besinnen, ob es nicht eben vorher noch laut gestürmt habe; da überfiel es ihn, als sei er nicht allein in seiner Kammer; er stützte beide Hände auf die Bettkanten und riß weit die Augen auf. Und – da war es, dort in der Ecke stand sein Heinz; das Gesicht sah er nicht, denn der Kopf war gesenkt, und die Haare, die von Wasser trieften, hingen über die Stirn herab; aber er erkannte ihn dennoch – woran, das wußte er nicht und frug er sich auch nicht. Auch von den Kleidern und von den herabhängenden Armen troff das Wasser; es floß immer mehr herab und bildete einen breiten Strom nach seinem Bette zu.

Hans Kirch wollte rufen, aber er saß wie gelähmt mit seinen aufgestemmten Armen; endlich brach ein lauter Schrei aus seiner Brust, und gleich darauf hörte er es über sich in der Schlafkammer der jungen Leute poltern, und auch den Sturm hörte er wieder, wie er grimmig an den Pfosten seines Hauses rüttelte.

Als bald danach sein Schwiegersohn mit Licht hereintrat, fand dieser ihn in seinen Kissen zusammengesunken. „Wir hörten Euch schreien“, frug er, „was ist Euch, Vater?“

Der Alte sah starr nach jener Ecke. „Er ist tot“, sagte er, „weit von hier.“

„Wer ist tot, Vater? Wen meint Ihr? Mein Ihr Euren Heinz?“

Der Alte nickte. „Das Wasser“, sagte er; „geh da fort, du stehst ja mitten in dem Wasser!“

Der Jünger fuhr mit dem Lichte gegen den Fußboden: „Hier ist kein Wasser, Vater, Ihr habt nur schwer geträumt.“

„Du bist kein Seemann, Christian; was weißt du davon!“ sagte der Alte heftig. „Aber ich weiß es, so kommen unsre Toten.“

„Soll ich Euch Lina schicken, Vater?“ frug Christian Martens wieder.

„Nein, nein, sie soll bei ihrem Kinde bleiben; geh nur, laß mich allein!“

Der Schwiegersohn war mit dem Lichte fortgegangen, und Hans Kirch saß im Dunkeln wieder aufrecht in seinem Bette; er streckte zitternd die Arme nach jener Ecke, wo eben noch sein Heinz gestanden hatte; er wollte ihn noch einmal sehen, aber er sah vergebens in undurchdringliche Finsternis.

– – Es ging schon in den Vormittag, als Frau Lina, da sie unten in die Stube trat, das Frühstück ihre Vaters unberührt fand; als sie dann in die Schlafkammer ging, lag er noch in seinem Bette; er konnte nicht aufstehen, denn ein Schlaganfall hatte ihn getroffen, freilich nur an der einen Seite und ohne ihn am Sprechen zu behindern. Er verlangte nach seinem alten Arzte, und die Tochter lief selbst nach dem Hause des Justizrats und stand bald wieder zugleich mit diesem an des Vaters Lager.

Es war nicht gar so schlimm, es würde wohl so vorübergehen, lautete dessen Ausspruch. Aber Hans Kirch hörte kaum darauf; mehr als bei seiner Krankheit waren seine Gedanken bei den Vorgängen der verflossenen Nacht; Heinz hatte sich gemeldet, Heinz war tot, und der Tote hatte alle Rechte, die er noch eben dem Lebenden mehr hatte zugestehen wollen.

Als Frau Lina es ihm ausreden wollte, berief er sich eifrig auf den Justizrat, der ja seit Jahr und Tag in manches Seemannshaus gekommen sei.

Der Justizrat suchte zu beschwichtigen. „Freilich“, fügte er hinzu, „wir Ärzte kennen Zustände, wo Träume selbst am hellen Werktag das Gehirn verlassen und dem Menschen leibhaftig in die Augen schauen.“

Hans Kirch warf verdrießlich seinen Kopf herum: „Das ist mir zu gelehrt, Doktor; wie war's denn damals mit dem Sohn des alten Rickerts?“

Der Arzt faßte den Puls des Kranken. „Es trifft, es trifft auch nicht“, sagte er bedächtig; das war der ältere Sohn; der jüngere, der sich auch gemeldet haben sollte, fährt noch heute seines Vaters Schiff.“

Hans Kirch schwieg; er wußte es doch besser als alle andern, was weit von hier in dieser Nacht geschehen war.

Wie der Arzt es vorhergesagt hatte, so geschah es. Nach einigen Wochen konnte der Kranke das Bett und allmählich auch das Zimmer, ja sogar das Haus verlassen; nur bedurfte er dann, gleich seiner Schwester, eines Krückstockes, den er bisher verschmäht hatte. Von seinem früheren Jähzorn schien meist nur eine weinerliche Ungeduld zurückgeblieben; wenn es ihn aber einmal wie vordem überkam, dann brach er hinterher erschöpft zusammen.

Als es Sommer wurde, verlangte er aus der Stadt hinaus, und Frau Lina begleitete ihn mehrmals auf dem hohen Uferwege um die Bucht, von wo er nicht nur die Inseln, sondern ostwärts auch das freie Wasser sehen konnte. Da das Ufer an mehreren Stellen tief und steil gegen den Strand hin abfällt, so wagte man ihn hier nicht allein zu lassen und gab ihm zu andern Malen, wenn die Tochter keine Zeit hatte, einen der Arbeiter oder sonst eine andre sichere Person zur Seite.

– – Auf den Sommer war der Herbst gefolgt, und es war um die Zeit, da Heinzens kurze Einkehr in das Elternhaus zum zweitenmal sich jährte. Hans Kirch saß auf einem sandigen Vorsprunge des steilen Ufers und ließ die Nachmittagssonne seinen weißen Kopf bescheinen, während er die Hände vor sich auf seinen Stock gefaltet hielt und seine Augen über die glatte See hinausstarrten. Neben ihm stand ein Weib, anscheinend in gleicher Teilnahmslosigkeit, welche den Hut des alten Mannes in der herabhängenden Hand hielt. Sie mochte kaum über dreißig Jahre zählen; aber nur ein schärferes Auge hätte in diesem Antlitz die Spuren einer früh zerstörten Anmut finden können. Sei schien nichts davon zu hören, was der alte Schiffer, ohne sich zu rühren, vor sich hin sprach; es war auch nur ein Flüstern, als ob er es den leeren Lüften anvertraue; allmählich aber wurde es lauter: „Heinz, Heinz!“ rief er. „Wo ist Heinz Kirch geblieben?“Dann wieder bewegte er langsam seinen Kopf: „Es ist auch einerlei, denn es kennt ihn keiner mehr.“

Da seufzte das Weib an seiner Seite, daß er sich wandte und zu ihr aufsah. Als sie das blasse Gesicht zu ihm niederbeugte, suchte er ihre Hand zu fassen: „Nein, nein, Wieb, du – du kanntest ihn; dafür“ – und er nickte vertraulich zu ihr auf – „bleibst du auch bei mir, solang ich lebe; und auch nachher – ich habe in meinem Testament das festgemacht; es ist nur gut, daß dein Taugenichts von Mann sich totgetrunken.“

Als sie nicht antwortete, wandte er seinen Kopf wieder ab, und seine Augen folgten einer Möwe, die vom Strande über das Wasser hinausflog. „Und dort“, begann er wieder, und seine Stimme klang jetzt ganz munter, während er mit seinem Krückstock nach dem Warder zeigte, „da hat er damals dich herumgefahren? Und dann schalten sie vom Schiff herüber?“ – Und als sie schweigend zu ihm herabnickte, lachte er leise vor sich hin. Aber bald verfiel er wieder in sein Selbstgespräch, während seine Augen vor ihm in die große Leere starrten. „Nur in der Ewigkeit, Heinz! Nur in der Ewigkeit!“ rief er, in plötzliches Weinen ausbrechend, und streckte zitternd beide Arme nach dem Himmel.

Aber seine laut gesprochenen Worte erhielten diesmal eine Antwort. „Was haben wir Menschen mit der Ewigkeit zu schaffen?“

sprach eine heisere Stimme neben ihm. Es war ein herabgekommener Tischler, den sie in der Stadt den „Sozialdemokraten“ nannten; er glaubte ein Loch in seinem Christenglauben entdeckt zu haben und pflegte nun nach Art geringer Menschen gegen andre damit zu trotzen.

Mit einer raschen Bewegung, die weit über die Kraft des gebrochenen Mannes hinauszugehen schien, hatte Hans Kirch sich zu dem Sprechenden gewandt, der mit verschränkten Armen stehenblieb. „Du kennst mich wohl nicht, Jürgen Hans?“ rief er, während der ganze Leib zitterte. „Ich bin Hans Kirch, der seinen Sohn verstoßen hat, zweimal! Hörst du es, Jürgen Hans? Zweimal hab' ich meinen Heinz verstoßen, und darum hab' ich mit der Ewigkeit zu schaffen!“

Der andre war dicht an ihn herangetreten. „Das tut mir leid, Herr Kirch“, sagte er und wog ihm trocken jedes seiner Worte zu; „die Ewigkeit ist in den Köpfen alter Weiber!“

Ein fieberhafter Blitz fuhr aus den Augen des greisen Mannes. „Hund!“ schrie er, und ein Schlag des Krückstocks pfiff jäh am Kopf des andern vorüber.

Der Tischler sprang zur Seite, dann stieß er ein Hohngelächter aus und schlenderte den Weg zur Stadt hinab.

Aber die Kraft des alten Mannes war erschöpft; der Stock entfiel seiner Hand und rollte vor ihm den Hang hinunter, und er wäre selber nachgestürzt, wenn nicht das Weib sich rasch gebückt und ihn in ihren Armen aufgefangen hätte.

Neben ihm kniend, sanft und unbeweglich, hielt sie das weiße Haupt an ihrer Brust gebettet, denn Hans Kirch war eingeschlafen. – Das Abendrot legte sich über das Meer, ein leichter Wind hatte sich erhoben, und drunten rauschten die Wellen lauter an den Strand. Noch immer beharrte sie in ihrer unbequemen Stellung; erst als schon die Sterne schienen, schlug er die Augen zu ihr auf: „Er ist tot", sagte er, „ich weiß es jetzt gewiß; aber – in der Ewigkeit, da will ich meinen Heinz schon wiederkennen."

„Ja", sagte sie leise, „in der Ewigkeit."

Vorsichtig von ihr gestützt, erhob er sich, und als sie seinen Arm um ihren Hals und ihren Arm ihm um die Hüfte gelegt hatte, gingen sie langsam nach der Stadt zurück. Je weiter sie kamen, desto schwerer wurde ihre Last; mitunter mußten sie stillstehn, dann blickte Hans Kirch nach den Sternen, die ihm einst so manche

Herbstnacht an Bord seiner flinken Jacht geschienen hatten, und sagte: „Es geht schon wieder“, und sie gingen langsam weiter. Aber nicht nur von den Sternen, auch aus den blauen Augen des armen Weibes leuchtete ein milder Strahl; nicht jener mehr, der einst in einer Frühlingsnacht ein wildes Knabenhaupt an ihre junge Brust gerissen hatte, aber ein Strahl jener allbarmherzigen Frauenliebe, die allen Trost des Lebens in sich schließt.

Noch während der nächsten Jahre, meist an stillen Nachmittagen und wenn die Sonne sich zum Untergange neigte, konnte man Hans Kirch mit seiner steten Begleiterin auf dem Uferwege sehen; zur Zeit des Herbst-Äquinoktiums war er selbst beim Nordoststurm nicht daheim zu halten. Dann hat man ihn auf dem Friedhof seiner Vaterstadt zur Seite seiner stillen Frau begraben.

Das von ihm begründete Geschäft liegt in den besten Händen; man spricht schon von dem „reichen“ Christian Martens, und Hans Adams Tochtermanne wird der Stadtrat nicht entgehen; auch ein Erbe ist längst geboren und läuft schon mit dem Ranzen in die Rektorschule; – wo aber ist Heinz Kirch geblieben?